Ionische Nacht

Demian Baldvin
Ionische Nacht

Ein Korfu-Krimi

DIRTY FICTION

1. Auflage 2020
Alle Rechte vorbehalten

Herausgeber
Dirty Fiction

Lektorat
Anke Muckel, Dortmund

Umschlag, Layout, Satz
Dirty Fiction

Herstellung und Verlag
BoD – Books on Demand, Norderstedt

ISBN
978-3-7519-0368-4

ένα

Ich tippte den Ort ein, an dem ich mich gerade befand (»Hotel Belle Helene, Agios Georgios, Korfu«), schrieb einen Kommentar, um meine beeindruckenden Griechisch-Kenntnisse zur Schau zu stellen (»γεια μας!«) und postete das Bild auf Facebook.

Es zeigte meine Beine, ausgestreckt auf einer Sonnenliege, sowie meine linke Hand, die ein rotes Corfu Beer hielt. Im Hintergrund sah man den Hotelpool, in dem eine ziemlich attraktive Frau mit ihrem Sohn planschte, die Poolbar samt der etwas mürrischen Barfrau, einen eifrigen Sport-Bild-Leser und schließlich ein Paar im mittleren Alter, das schlief und sich unter der korfiotischen Sonne einen stattlichen Sonnenbrand einfing.

Ich fühlte mich ein wenig armselig. Warum genoss ich nicht einfach den Auftakt meines Urlaubs, auf den ich mich den ganzen Frühling gefreut hatte? Weshalb konnte ich mich jetzt nicht völlig dem Bier hingeben, dem

Rauschen des nahen Meeres, dem Gefühl, allen Pflichten entkommen zu sein? Stattdessen machte ich die Distanz, die ich mit dem Flug über die Adria hergestellt hatte, gleich wieder zunichte: Ich holte die Daheimgebliebenen zu mir auf eine Insel im ionischen Meer, ich schickte ein Foto von mir und damit einen Teil meiner selbst zurück in die Heimat.

Mit der Zuverlässigkeit einer Atomuhr kam der erste Like von Simone, einer ehemaligen Schulkollegin. Ich stellte mir kurz ihr Leben vor, in dem ihr nichts entging, das sich auf Facebook ereignete. »Schon wieder Ferien?«, fragte Christian, ein Teamkollege von früher, den ich im echten Leben seit Jahren nicht mehr gesehen hatte. »Nein, bin am Arbeiten«, schrieb ich, versehen mit einem augenzwinkernden Smiley, doch völlig gelogen war es nicht. Eigentlich war ich hier, um für die Website www.ionische-epen.de eine Reisereportage über Korfu zu schreiben. Eigentlich. Denn der Betreiber der Seite war ebenfalls ich, was bedeutete, dass ich, der Auftraggeber, mich, den Reporter, möglicherweise nicht mit allzu harter Hand anging, was

Abgabetermine und dergleichen betraf. Aber ich hatte tatsächlich vor, mir ein neues berufliches Standbein aufzubauen – ich war es leidgeworden, reißerische Artikel über Fußballtransfers und Dopingskandale zu schreiben.

Ich leerte das Bier und warf einen letzten Blick auf mein Handy, bevor ich es ausschalten und für eine Weile nicht mehr anfassen wollte. Dreizehn Likes, und das in kaum fünf Minuten. Nicht schlecht. Ich musste mir eingestehen, dass ich ein wenig einsam war. Seit mich Sarah verlassen hatte, bedeutete mir eine kleine Aufmerksamkeit auf Facebook einiges mehr als zuvor. Doch jetzt: Raus aus der virtuellen Scheinwelt, rein ins pralle Urlaubsleben.

Kaum hatte ich mich in den Hotelpool begeben, sprang der Ball des Jungen direkt vor mir ins Wasser und ruinierte meine Frisur. Das war zu verkraften, denn der kleine Zwischenfall verschaffte mir ein Gespräch mit der hübschen Mutter des Jungen. Sofort schwamm sie auf mich zu und entschuldigte sich auf Englisch bei mir, derweil sich ihr Sohn verlegen von mir abwandte. Ich warf

ihm den Ball – es war ein blaugelber Fußball
– zurück und lächelte.

»No problem, it's just water«, sagte ich und
erschrak über meinen Akzent.

»I'm sorry«, wiederholte sie, »my son is so
excited to be here!«

Sie hieß Ingrid und kam aus Schweden. Als
ich ihr sagte, dass ich Schweizer sei und in
Deutschland lebe – in Konstanz am Bodensee
– begann sie zu meiner Erleichterung deutsch
zu sprechen. Ihr Deutsch erwies sich als we-
sentlich eleganter als mein Englisch.

»Bist du zum ersten Mal hier?«, fragte sie
mich.

Ich nickte. »Und du?«

»Ich glaube, es gibt niemanden, der nur
einmal hierherkommt«, sagte sie, und ihre
Begeisterung war ihr regelrecht anzusehen.
»Wer einmal hier war, kommt irgendwann
wieder. Auch du. Garantiert.«

»Wir werden sehen«, sagte ich. »Ich bin gerade mal seit zwei Stunden da.«

Wir setzten uns nebeneinander auf den
Rand des Pools. Ihr langes helles Haar. Ihr
schlichter schwarzer Bikini. Ihr schönes Ge-

sicht. Ich versuchte, mich von all dem nicht nervös machen zu lassen. Gelegentlich rief sie ihrem Sohn etwas auf Schwedisch zu, ich nahm an, dass sie ihn tadelte, zumal nun auch der Sport-Bild-Leser einen kleinen Spritzer abbekommen hatte.

»Warum sprichst du so gut deutsch?«, fragte ich sie.

»Ich habe in Heidelberg studiert. Das waren wilde Zeiten ...«, sagte sie und zwinkerte mir zu. »Aber ein bisschen Deutsch kann ich noch.«

Ich suchte nach einem originellen Kommentar, fand keinen – in Gesellschaft dieser coolen Schwedin schien mir die Lockerheit abzugehen. Stattdessen verfolgten wir mit, wie der Junge mit dem Ball in den Händen bei den Tischen der Poolbar Anlauf nahm, angerannt kam, ins Wasser sprang, im Flug zu einem Fallrückzieher ansetzte und »Zlatan!« rief.

Entsetzt sahen wir dem Ball nach, der nicht wie der Junge in den Pool flog, sondern in Richtung der Liegen, auf denen das sonnenverbrannte Paar schlief.

Der Ball klatschte dem Mann, ohne vorher irgendwo aufzuprallen, direkt ins Gesicht, wobei seine Sonnenbrille zerbrach und in zwei Teilen zu Boden fiel. Das wirklich Entsetzliche aber spielte sich erst nach dem Treffer ab. Während sich die Frau des Unglücklichen und der Sport-Bild-Leser erschrocken aufrichteten, blieb der getroffene Mann einfach liegen. Er bewegte sich nicht, er lag bloß da mit offenem Mund und aufgerissenen Augen.

Schlagartig wurde mir klar, dass er nie wieder nach Agios Georgios zurückkehren würde.

Zwei Stunden nach dem Drama war rund um den Hotelpool bereits wieder der Alltag eingekehrt. Es herrschte lockere Urlaubsstimmung, man las, planschte oder schlief, aus den Lautsprechern klang »Africa« von Toto. Niemand war da, um einen Toten zu betrauern oder über die Endlichkeit des Lebens nachzudenken. Offenbar wusste gar niemand, was geschehen war.

Ingrid und ihr Sohn waren gegangen. Die rasch eingetroffenen Ärzte hatten ihr mehrmals versichern müssen, dass der missglückte wenn auch sehenswerte Schuss des Jungen nicht den Tod des Mannes herbeigeführt hatte.

Der Sport-Bild-Leser war gegangen, doch er hatte sich verblüffend lange nicht aus der Ruhe bringen lassen. Noch als das Leichentuch gezogen wurde, studierte er einen Artikel über die Taktik des neuen Bayern-Trainers.

Die frischgebackene Witwe war gegangen. Sie hatte zunächst hysterisch auf den Vorfall reagiert, bis ihr bewusst wurde, dass ihr Mann tot war. Dann schwieg sie.

Und auch der Tote war fortgebracht worden.

Die einzige Zeugin des Dramas, die sich nicht fortbegeben hatte, war die Barfrau. Ich ging zu ihr, setzte mich auf einen Hocker und bestellte ein weiteres Corfu Beer, dieses Mal ein Ionian Epos.

Sie reichte es mir, ohne sich um Freundlichkeit zu bemühen. Das war verständlich, sie hatte wohl einen ungewöhnlichen Arbeitstag. Aber sie hatte mir bereits das erste Bier mit der gleichen kühlen Miene serviert, und damals hatte sie noch davon ausgehen können, dass all ihre Gäste den Tag überlebten. Wahrscheinlich musste sie sich hier den ganzen Sommer über mit einem Haufen aufdringlicher Idioten herumschlagen, da konnte man nicht so tun, als würde man sich für jeden interessieren. Sie hatte eine Dauerwellenfrisur aus den Achtzigern – oder ich hatte einfach den neuesten Trend verschlafen. Das war gut möglich, ich hatte den Lifestyle-Teil unseres Magazins immer übersprungen. Doch die Frisur, das konnte ich zumindest als Mann beurteilen, stand der Barfrau gut.

Das Ionische Epos schmeckte fantastisch. In Homers Odyssee, stand auf der Flaschenetikette, lagerte Akinoos, der König der Phäaken, Gerstenwein in Silber- und Goldkratern. 2800 Jahre später entführt das Corfu Beer zum Ionischen Epos …

»Wissen Sie schon, woran der Mann gestorben ist?«, fragte ich die Barfrau.

Sie sah mich strafend an, als hätte ich eben eine verbotene Tür aufgestoßen. »Fragen Sie am besten ihn«, sagte sie in gebrochenem Deutsch und deutete auf den Mann, der an der Bar einen Ouzo trank.

»Warum?«, fragte ich.

»Weil er der Inspektor ist.«

Der Mann hatte eine Glatze, zur Hälfte wohl naturbedingt, zur Hälfte freiwillig. Das machte es schwierig, sein Alter zu schätzen. Er nippte seelenruhig an seinem Glas – allem Anschein nach wollte er mit dem Toten von heute Nachmittag nichts zu tun haben.

Ich ging zu ihm, begrüßte ihn mit »Kali-spéra« und fragte auf Deutsch: »Wissen Sie schon, woran der Mann gestorben ist?« Sogleich wurde mir klar, dass sich die Frage vielleicht für ein ungezwungenes Bargespräch eignete, aber nicht, um sie einem Ordnungshüter persönlich zu stellen. Plötzlich fühlte ich mich, als würde dieser Todesfall mit mir zusammenhängen.

Der Inspektor nahm einen Schluck Ouzo. Ich war mir nicht sicher, ob er mich schon angesehen hatte.

»Spiros spricht nicht deutsch«, sagte die Barfrau.

»Oh.« Ich schämte mich für meine Arroganz. »Englisch?«

»Auch nicht.«

Ich fasste mir ein Herz und versuchte es auf Griechisch. »Ántras. Nekrós. Iatí?«

Er senkte das Glas und sah mich mit freundlichem Gesicht an, und ich wusste, unversehens öffnete er sich mir, und der Schlüssel dazu war die Sprache, beziehungsweise meine drei dahingestammelten Wörter. Sogar die Barfrau hinter der Theke lächelte.

Der Inspektor erläuterte mir sodann detailreich die Todesursache. Oder lud mich zum Essen ein oder beklagte sich über sein Einkommen. Ich verstand kein Wort.

Ich sagte ihm, dass ich nichts verstehe, »den katalavéno«, ein Ausdruck, der in Griechenland wertvoll sein konnte.

»Stella«, sagte er zur Barfrau, und ich vermutete, dass sie so hieß. Es folgte ein weiterer Redeschwall in horrender Geschwindigkeit. Ich hatte Zeit, mir einen weiteren Schluck des Ionischen Epos zuzuführen. Tatsächlich spürte ich, wie es mich allmählich entführte ... Ich sah nach. Der Alkoholgehalt lag bei beachtlichen 7.5 Prozent.

»Das Herz. Schon ein bis zwei Stunden tot.« Stella, die Barfrau, übersetzte mir offenbar, was der Inspektor dargestellt hatte.

Ich nickte. Das bestätigte die Vermutungen, die bereits am Pool kursiert waren, nachdem man den Tod des Mannes festgestellt hatte. Ich überlegte. Der Inspektor hatte doch viel länger gesprochen. Er hatte doch viel mehr gesagt. Was?

Stella stellte ihm einen weiteren Ouzo hin. Der Inspektor sah wirklich nicht so aus, als wollte er sich noch mit einem Toten beschäftigen.

Ich hätte ihm mein Foto zeigen können. Vielleicht hätte ich das sogar tun müssen. Ich tat es nicht. Weil ich mich für schlau hielt vielleicht, oder weil mich das Bier unvernünftig machte.

»Es stimmt also, was man hört.«

Stella und ich sahen zum Mann, der an der Bar aufgetaucht war. Inspektor Spiros sah auch hin, obwohl er ihn nicht verstanden hatte.

Es war ein Hipster. Er schien eben vom Strand gekommen zu sein, denn er trug nur eine tropfende Badehose. Aber er war immer noch ein Hipster. Brille und Bart verrieten ihn.

»Ja«, sagte ich, »ein Toter am Pool.«

Stella sah mich unfreundlicher denn je an.

»Weiß man schon, wer es getan hat?«, fragte der Hipster. Und in ganz lockerem Ton fuhr er fort: »Ich tippe da mal auf den Kettenraucher aus der Küche. Die haben sich ja gestern ordentlich gezofft, die beiden. Gibt's hier eigentlich Club-Mate-Limonade?«

Ich ging durch den Haupteingang des Hotels in Richtung meines Zimmers, das sich im Erdgeschoss befand. Da sah ich vor dem Bücherregal neben der Rezeption eine Frau. Es war die Witwe.

Ich blieb stehen. Sollte ich etwas tun? Ihr kondolieren? Darin war ich nicht besonders gut. Außerdem kannte ich sie ja gar nicht, nicht einmal ihren verstorbenen Mann hatte ich gekannt. Aber ich war dabei gewesen, als das Unglück geschah.

»Entschuldigung«, sagte ich verlegen. »Ich wollte Ihnen nur mein aufrichtiges Beileid aussprechen.« Ging es noch förmlicher? Außerdem wollte ich es nicht nur wollen, sondern tun. Und warum eigentlich »nur«?

»Haben Sie mir einen Tipp?«, entgegnete sie zu meiner Überraschung, ohne den Blick vom Bücherregal abzuwenden.

»Wie bitte?«

Sie hielt den Kopf leicht schief, um die Titel der Romane besser lesen zu können. Zum ersten Mal sah ich sie von nahe. Schwarzes kurzes Haar. Dunkle Augen. Ein schönes Gesicht, das wahrscheinlich vor zehn Jahren noch schöner gewesen war. Ich schätzte sie auf fünfundvierzig.

»Ein Buch«, sagte sie. »Ich reise ab, und da ich allein reise, brauche ich ein Buch.«

Ich hätte wortlos an ihr vorbeiziehen sollen, dachte ich, dann müsste ich jetzt dieses seltsame Gespräch nicht führen. Wie konnte eine vom Schmerz zerrissene Frau gelassen in Büchern stöbern? Hatte sie einen Schock?

»Am liebsten einen richtig packenden Krimi«, fuhr sie fort, da ich nichts sagte.

»Einen Krimi.«

»Sie finden es merkwürdig, dass ich so kurz nach dem Tod meines Mannes einen Krimi suche, nicht wahr?«

Immerhin erinnerte sie sich noch daran, dass ihr Mann gestorben war.

»Nun ja, ein bisschen schon«, gab ich zu.

»Was soll ich denn tun?«, sagte sie mit plötzlich schwacher Stimme, und zum ersten Mal in diesem Gespräch sah ich eine trauernde Witwe. »Spannende Krimis lassen einen vergessen. Für ein paar Stunden. Und Krimis sind gerecht. Am Ende bleibt vielleicht der Schmerz, aber die Welt ist wieder in Ordnung.«

Ihre Worte beeindruckten mich. »Kennen Sie Bannalec?«, fragte ich.

»Den Bretonen?«

»Er ist, glaube ich, nicht Bretone. Aber ja, der mit den Bretonen.«

»Nie was gelesen.«

»Das sollten Sie aber.« Aus meinem Strandsack nahm ich das Buch, das ich eigentlich auf Korfu lesen wollte: Bretonische Brandung. Ich reichte es der Witwe, sie nahm es erfreut entgegen, und ich fühlte mich wie ein Priester, der mit der Bibel Liebe, Trost und Hoffnung spendet.

Jetzt hatte ich also kein Buch mehr. Das war vielleicht nicht weiter schlimm. Im Grunde liest man ja Romane, um sich in eine andere Welt zu katapultieren, und ich war nicht auf eine griechische Insel geflogen, um mich von dort aus geistig in die Bretagne zu versetzen. Ich war auf Korfu, und da wollte ich für die nächsten Tage auch mit allen Sinnen bleiben.

Ich warf mich aufs Bett meines Hotelzimmers und ging kurz mal auf Facebook. Mein Bruder Harry hatte mein Foto kommentiert: »Das also nennst du ›Projekt‹«? Worauf meine Ex-Arbeitskollegin Julia zwei Minuten später gefragt hatte: »Was denn für ein Projekt?« Ich antwortete auf beide Fragen nicht. 48 Likes. Ich sah mir die 48 Leute durch. Sarah war nicht darunter. Dabei hatte ich das Foto möglicherweise nur für sie hochgeladen. Als Facebook-Freund hatte sie mich noch nicht aufgegeben, immerhin, und Facebook war momentan der einzige Kanal, über den ich sie an mich erinnern konnte.

Ich wollte mein Urlaubsfoto noch einmal genauer studieren. Zuerst zoomte ich auf den Toten. Sonnenbrille, Mund leicht geöffnet, eine kleine Narbe zierte seine Stirn, starker Sonnenbrand. Er sah im Grunde tatsächlich aus wie tot. Aber er sah auch aus wie einer, der schlief, und ich dachte daran, dass der Schlaf eben ein kleiner Vorbote des Todes ist, ein kurzer Zwischentod, ein Teilzeittod, der uns bereits einen kleinen Einblick in den großen, endgültigen Tod gibt. Es waren Gedankenspiele, wie ich sie oft mache, wenn ich leicht angetrunken bin, und dann glaube ich für einen Augenblick, sie besäßen Tiefe, glaube, ich würde das Mysterium Mensch ein Stück weit enträtseln, bis mir klar wird, dass ich meine Gedanken und mich allgemein wieder mal überschätze.

Ich kam zurück zu den Fakten und stellte fest, dass ich eine Leiche fotografiert und ins Netz gestellt hatte. »Erstes Bier auf Korfu. Im Hintergrund – kein Witz! – ein Toter mit Sonnenbrand.« So hätte ich das Foto nun noch kommentieren können. Vielleicht wäre es dann um die Welt gegangen. Vielleicht wäre mein ehemaliger Chefredakteur an einem Artikel interessiert gewesen. Vielleicht hätte dann sogar Sarah mich wieder einmal beachtet. Doch mir war nicht mehr nach geschmacklosen Sensationen. Gerade deshalb ödete mich der Boulevardjournalismus ja an.

Nachdem ich den Toten hinreichend gemustert hatte, zoomte ich auf Ingrid. Sie sah wirklich toll aus. Ich bemühte mich, mir für die kommenden Tage nichts auszumalen, dennoch beschäftigte mich die Frage, ob sie allein mit ihrem Sohn in den Ferien war. Den Blick hatte sie aufs Meer hinaus gerichtet, doch wenn ich sie mir länger ansah, begann ich mir einzubilden, sie mustere den Toten, der auf einer kleinen Anhöhe zwischen Pool und dahinterliegendem Meer lag. Auf dem Rücken trug sie eine Tätowierung, der ich bei näherem Hinschauen keine Hinweise auf einen Mann entnehmen konnte. Es war ein kunstvoll gestalteter Engel, der sich von den Schulterblättern bis zur Taille hinzog.

Als Sarah und ich ungefähr ein Jahr lang zusammen waren, wollte sie sich ein Tattoo stechen lassen und mich darin verewigen. Ich habe es ihr ausgeredet, nicht, weil es mir nicht gefallen hätte, sondern aus einer Art Noblesse, die ich inzwischen für idiotisch hielt.

Wer weiß, vielleicht wäre Sarah die Trennung von mir schwerer gefallen, trüge sie mich für immer auf dem Oberarm.

Ich nahm mir Ingrids Jungen vor. Als ich den Ausschnitt vergrößerte, durchzuckte es mich kurz, stärker, als es der Anblick des Toten getan hatte. Der Junge hatte direkt in die Kamera gesehen. Als hätte er mich ins Visier genommen, und nicht ich ihn.

Stella, die hinter der Theke der Poolbar stand, blickte in Richtung Hotel, und das wirkte etwas eigenartig, denn ihr gegenüber stand ein Gast, den sie offenbar gerade bediente. Es war ein Mann mit einer engen roten Badehose, wie man sie sonst nur bei Schwimmern sah. Unpassend dazu trug er auf dem Kopf einen Strohhut, der mich an den Ballermann denken ließ. Es handelte sich bei dem Gast also kaum um den Hipster.

Die Witwe. Die altmodische Sonnenbrille – oder war sie modern? – bedeckte ihr halbes Gesicht. Doch beim Vergrößern des Bildausschnitts sah ich, dass die Brillengläser von außen nicht komplett undurchsichtig waren. Es war keine jener Brillen, die manche Ty

pen gerne trugen, um ungestraft die Strand-
landschaften zu betrachten. Man konnte ihre
Augen sehen. Und die waren offen – sie hatte
also nicht geschlafen. Ich dachte an die Worte von Stella: Schon ein bis zwei Stunden tot.
Wie konnte die Witwe so lange nichts bemerkt
haben? Mein spontan geschossenes Urlaubs-
bild, so schien mir, mauserte sich allmählich
zu einem mysteriösen Gemälde voller ver-
steckter Botschaften.

Es blieb der Sport-Bild-Leser. Sein Sonnenbrand stand jenem des Toten in nichts nach.
Sein Gesicht war verdeckt mit dem Gesicht
von Thomas Müller, der die aktuelle Ausga-
be des Sportmagazins zierte. Schließlich zog
ein Glas meine Aufmerksamkeit auf sich. Es
stand zwischen dem Toten und dem Sport-
Bild-Leser auf einem weißen Plastiktisch-
chen, womöglich ein wenig näher beim Toten,
doch war es auch in Reichweite des Lesers.
Es enthielt eine trübe Flüssigkeit und musste
sich also, da es auf einer griechischen Insel
ausgeschenkt worden war, mit ziemlicher Sicherheit um Ouzo handeln. Es war halb – voll
oder leer? Ich neigte zur Sichtweise, dass es

noch halb voll war, wenn es dem Lebenden gehört hatte. Und halb leer, sollte es dem Toten gehört haben.

Ich löschte das Bild von meinem Facebook-Profil, doch ich konnte es noch sehen, als ich meine Augen schloss und versuchte, zu schlafen.

Hotel Belle Helene

Agios Georgios

δύο

Das ionische Meer, das meinte ich schon öfter festgestellt zu haben, ist von intensiverem, kräftigerem Blau als etwa das kretische Meer oder die Ägäis. Auch an diesem frühen Juli-morgen war ich wieder überwältigt von der Farbe des Meeres hier an der korfiotischen Westküste.

Normalerweise bin ich eher der Typ, der zuerst eine Weile die Füße ins Wasser hält, sich dann zentimeterweise durch das un-angenehme Nass vorankämpft und wieder stehenbleibt, sobald der Pegel den Bauch-nabel zu erreichen droht. Heute warf ich mich ganz tollkühn ohne Vorgeplänkel in die sanften Wellen. Die Kälte, die mich um-fing, raubte mir kurz den Atem, doch schon Sekunden später fand ich mein Morgenbad herrlich. Ich fühlte mich nicht wie an einem vom Massentourismus beherrschten Ort, sondern wie auf einer einsamen Insel mit-ten im Ozean.

Auf dem Weg vom Strand zurück ins Hotel entdeckte ich auf der Terrasse der Dixtia Taverna einen Mann, den ich zu kennen glaubte. Es ist die Horrorvorstellung jedes Urlaubers, jedenfalls für mich, wenn ich auf Reisen bin: Jemandem aus meiner Welt zu begegnen, der ich ja für eine Weile zu entfliehen versuche, einem Arbeitskollegen, einer Nachbarin, einem alten Kumpel von der Uni.

Zu meiner Erleichterung wurde mir klar, dass ich das Gesicht des Mannes erst seit dem Vortag kannte. Es war der Sport-Bild-Leser. Er hatte bereits einen halben Liter Bier vor sich stehen. Und las nun das Kicker-Magazin. Ich schritt auf seinen Tisch zu.

»Darf ich?«, fragte ich.

Er sah auf und musterte mich während einer Zeit, die die Anstandsgrenze überbot. Dann machte er mit dem Arm eine königliche Geste, um mich Platz nehmen zu lassen.

»Sie legen aber früh los«, sagte ich, während ich mich setzte und auf sein Mythos-Glas sah.

Er nickte. »Aufstehen und mich am Strand gleich wieder hinlegen, das ist nichts für

mich«, sagte er. »Ich muss was unternehmen!« Dann lachte er heiser. Rauchen tat er
also auch.

»Warum der Magazin-Wechsel?«, fragte ich
und deutete auf seine Zeitschrift.

Er zuckte mit den Schultern. »Manchmal
muss man etwas wagen im Leben. Ist es nicht
so?«

»Stimmt. Ich war heute Morgen schon im
Meer.«

Wir lachten, und als der Kellner kam, war
ich kurz davor, mich vom Draufgängertum
meines Gegenübers anstecken zu lassen und
ebenfalls ein Mythos zu bestellen. Doch ich
zügelte mich im letzten Augenblick und entschied mich für einen Kafés ellenikós, einen
griechischen Kaffee. »Skétto«, fügte ich hinzu. Ich mag keinen Zucker im Kaffee.

»Hatten Sie eigentlich Kontakt zum Toten?
Vor seinem Tod?« Allein deshalb hatte ich
mich zu ihm gesetzt. Weil ich neugierig war.
Neugierig, mehr über den ungewöhnlichen
Todesfall zu erfahren. Ich hatte manchmal
damit gehadert, mich für den Journalismus
entschieden zu haben – doch immer wieder

folgten Momente, in denen mir bewusst wurde, dass das Aufspüren von Ungereimtheiten
genau meinem Wesen entsprach. Dies war so
einer.

»Ja«, sagte der Mann, und fügte ohne Rücksicht auf den üblichen Respekt vor den Toten
hinzu. »Ein ganz rücksichtsloser Typ war das,
das sag ich Ihnen.«

»Ach ja? Warum?«

»Hab ihm ein Bier bezahlt. Und er mir
dann nicht.«

»Na ja. Vielleicht wollte er einfach kein
zweites Bier trinken?«

»Ach wo. Das ist eine ungeschriebene westfälische Regel. Ich bezahl dir ein Bier, und das
nächste geht dann auf dich.«

»Und sonst?« Ich hatte keine Lust, die westfälische Theorie des Bierbezahlens zu erörtern. »Worüber haben Sie sich unterhalten?«

»Über Fußball. Aber das war keine gute
Idee.«

»Weshalb?«

»Ich bin Dortmunder, er Schalker. Da redet
man am besten einfach übers Wetter.«

»So schlimm?«

»Schlimmer.«

Mein griechischer Kaffee kam. Routiniert ließ ich ihn noch eine Weile stehen. Als ich ihn zum ersten Mal trank, in den Höhen von Pálio Pýli auf Kos, war auch mir der klassische Anfängerfehler unterlaufen, sofort einen Schluck zu nehmen. Inzwischen wusste ich, dass sich das Pulver erst setzen musste, bevor man trank.

»Dann können Sie nur hoffen, dass es kein Mord war«, sagte ich bewusst provokant. Der umzimperliche Ton des Mannes färbte bereits auf mich ab.

»Warum?«

»Weil Sie dann als Dortmunder sofort Tatverdächtiger Nummer eins wären.«

»Wenn ich einen Schalker umbringen will, brauch ich nicht nach Korfu zu fliegen.«

»Das Glas, das zwischen Ihnen stand. Ein Ouzo, nehm ich mal an. Wem gehörte der?«

»Mir jedenfalls nicht. Ich trinke Bier, sonst nichts.«

Während wir unsere Getränke zu uns nahmen – er brauchte für sein großes Bier nicht länger als ich für meinen kleinen Kaffee – unterhielten wir uns über unseren Ferienort, über unser Hotel, über die letzte Weltmeisterschaft. Der Westfale ließ an allem kein gutes Haar. Doch als ich aufstand, sagte er: »Der Fallrückzieher des Jungen. Der war schon klasse, nicht wahr?« Dann stieß er wieder sein heiseres Lachen aus.

Ich lachte ein wenig mit, legte einen Fünf-Euro-Schein auf den Tisch und sagte: »Das Bier bezahl ich Ihnen. Schönen Tag!«

Ich fragte mich, wo Ingrid war. Ich hatte sie weder beim Frühstück noch sonst irgendwann nach dem Vorfall am Pool wiedergesehen. Zugleich stellte ich fest, dass ich mich viel zu sehr mit Dingen beschäftigte, die mich nichts angingen. Eine Sache allerdings, die ausschließlich mich etwas anging, war mein aufkommendes Hungergefühl. Ich beschloss, mir im Ort eine schöne Taverne zu suchen, über deren Mittagstisch ich eine kleine kulinarische Reportage für ionische-epen.de schreiben konnte.

Ich landete in der Taverna Mythos. Sie lag am Strand an einer Stelle, die man nur zu Fuß erreichte. Ein Weg über eine schmale Brücke hatte mich hergeführt. Unter der Brücke lag ein kleines stilles Gewässer, ich wusste nicht, ob es sich um einen Bach oder um Abwasser handelte – man hörte das Quaken von Fröschen, ein unangenehmer Geruch lag in der Luft.

Aber die Taverna Mythos war schön. Das Tor, das den Eingang zur Terrasse bildete, war in typisch griechischer Art weiß gestrichen, der Name des Restaurants war in roter Farbe darüber gepinselt worden. Man saß im Schatten an quadratischen Holztischen, umgeben von Palmen und Oleander.

Ich bestellte Tsatsíki mit Psomí, Jemistá, Gígantes, Melitzánes und ein Fix chorís Alkoól.

Während ich auf das Essen wartete, nahm ich das Handy hervor, wobei ich mich erfolgreich gegen den Impuls wehrte, mal schnell bei Facebook vorbeizuschauen. Ich tippte bei Google »Agios Georgios« und »Corfu« ein und überflog die neuesten Treffer. Keine aktuellen Meldungen. Ich ersetzte »Corfu« durch »Kerkyra«, wie vor allem die Einheimischen die Insel nannten, in der Hoffnung, so auf exklusivere Nachrichten zu stoßen. Nichts. Im Internet gab es keinerlei Spuren über den tödlichen Vorfall im Belle Helene. Ich fühlte mich um zwei Jahrzehnte zurückversetzt. In diese Vorinternetzeit, die ich gelegentlich verklärte, als noch Dinge geschehen konnten, ohne dass alle Welt davon erfuhr.

Als mir der Kellner das Fix brachte, sprach ich ihn spontan auf den Tod eines Touristen an.

Er habe nichts dergleichen gehört, sagte er auf Englisch.

Ich nickte. Dann erstaunte es mich aber, dass er so gleichgültig auf meine Frage reagierte, als hätte ich mich nach der nächsten Tankstelle erkundigt. Ich beschloss, einen Schritt weiterzugehen. Auf dem Handy zeigte ich ihm mein Foto, wobei ich verschwieg, dass eine der abgebildeten Personen zum Zeitpunkt der Aufnahme nicht mehr gelebt hatte. Ich fragte ihn, ob er jemanden auf dem Bild kenne.

Er warf einen skeptischen Blick darauf und sagte viel zu schnell, so schien mir, er habe von diesen Leuten nie jemanden gesehen.

Dass der Tod eines Urlaubers – gerade in einem so überschaubaren Ort wie Agios Georgios – so ungerührt aufgenommen wurde, fand ich sonderbar.

Nachdem das Essen gekommen war, verschwendete ich allerdings keinen Gedanken mehr an den Verstorbenen. Mein kleiner Tisch war mit mehreren wohlriechenden Tellern und Töpfchen belegt. Es schmeckte köstlich. Die Gerichte waren einfach und doch so unverkennbar griechisch, dass mich ein plötzliches Hochgefühl erfasste. Ich war endgültig auf Korfu angekommen.

Doch dann erklangen die ersten Takte dieses Lieds. Das Lied von Mikis Theodorakis aus dem Film Alexis Zorbas, das den Sirtaki begründete und der ganzen Welt vorgaukelte, dies sei ein alter griechischer Volkstanz. Es war kein schlechtes Lied, ich hatte es auch einmal gemocht, doch warum musste es in jeder griechischen Strandtaverne mindestens einmal pro Stunde gespielt werden? Weshalb konnte man als Tourist nicht einen Tag auf griechischem Boden verbringen, ohne von dieser berühmten Filmmusik heimgesucht zu werden? In Deutschland wird man ja auch nicht ständig von »Über sieben Brücken musst du gehn« verfolgt, und in Italien kann man auch mal eine Pizza essen ohne »Azzurro« im Ohr. In Griechenland ist das anders, jedenfalls da, wo man Reisende erwartet: Kein Ouzo ohne den Zorbas-Tanz.

An der Poolbar nahm ich mir das nächste Corfu Beer vor. Ich entschied mich für das Bitter Dark und überlegte mir kurz, ob die Wahl sinnbildlich für etwas stand. Meinen ersten gut vierundzwanzig Stunden auf Korfu haftete ja durchaus etwas Bitteres, etwas Dunkles an –
Blödsinn. Das war wohl eine Art Krankheit, die sich während meiner Jahre auf der Redaktion entwickelt hatte: Überall Zusammenhänge herstellen. Immer auf der Suche nach Symbolischem, nach Zuspitzungen und Sprachspielen. »Er trank ein Bitter Dark und genau so war sein Tag gewesen, bitter und dunkel.« Wegen eben solcher Peinlichkeiten war ich bei der Boulevardpresse gelandet und nicht bei der Hochliteratur. Deshalb hatte ich Artikel wie »Alles roger bei Federer?«

geschrieben und nicht Romane wie »Der Zauberberg«.

»Wo ist eigentlich Ingrid? Die blonde Schwedin?«, fragte ich Stella und überlegte, ob das so etwas wie ein Pleonasmus war. Egal.

»Ich kann dir über andere Leute keine Auskünfte geben«, erwiderte Stella gewohnt kühl.

Hatte ich eine Antwort von ihr erwartet? Natürlich respektierte sie die Privatsphäre ihrer Gäste. Natürlich wollte sie ihnen einen entspannenden und sorgenfreien Urlaub ermöglichen. Darum ging es den Urlaubern nämlich. Dafür waren sie hergekommen. Und das wollte ich auch gar nicht geringschätzen.

Die Sonne senkte sich bereits und glitzerte im Pool und im dahinterliegenden Meer. Die Leute ließen es sich im Schatten bei erfrischenden Getränken gutgehen. Es war richtig idyllisch. Friedlich. Ich gab mir Mühe, Teil dieser Atmosphäre zu werden, nahm einen Schluck des bitteren, dunklen Biers, als ich neben einer Tür des Hotels, zu der nur Angestellte Zutritt hatten, einen Mann rauchen sah.

Und nun griff ich tief in die Trickkiste des mit allen Wassern gewaschenen Reporters.

Mit Blick auf den Mann sagte ich zu Stella:
»Der Koch raucht aber ziemlich viel, nicht
wahr?«

»Furchtbar viel«, sagte sie. Und teilte mir
so mit, dass es sich bei dem rauchenden Mann
tatsächlich um den Koch handelte.

Ich schätzte ihn auf Mitte Dreißig, er war also
ungefähr in meinem Alter. Obwohl er offenbar Zigarette um Zigarette rauchte, sah er
sportlich aus, sportlicher als ich jedenfalls.
Unter seinem hellblauen Hemd zeichnete
sich ein durchtrainierter Oberkörper ab, und
aus seinem Unterarm traten Adern hervor,
was ich stets als Zeichen für Muskeln und
Kraft deutete.

»Stress?«, fragte ich ihn.

»Es geht so«, sagte er in akzentfreiem
Deutsch und blies den Rauch aus der Lunge.
»Warum fragen Sie?«

»Weil Sie so viel rauchen.«

Er fand meinen Kommentar verständlicher-
weise nicht sehr originell. Damit konnte ich
leben, ich wollte mit ihm weder über seine
Arbeit noch über sein Laster sprechen.

»Sie hatten sich vorgestern mit einem Mann gestritten«, begann ich. »Dem Mann, der gestern gestorben ist.« Ich stellte ihm keine Frage. Ich kam lediglich auf den Zwischenfall zu sprechen, den der Hipster erwähnt hatte. Vielleicht sagte der Koch von selber etwas dazu.

Er musterte mich, während er einen tiefen Zug nahm. Er schien mich nicht besonders zu mögen. »Sind Sie Ermittler?«, fragte er.

Ich schüttelte den Kopf. »Ich bin Journalist«, sagte ich.

Das schien ihn einzuschüchtern. Mir war schon oft aufgefallen, dass sich fehlbare Leute vor der Presse mehr fürchteten als vor dem Gesetz. Das leuchtete mir irgendwie ein. Ein Polizist war vielleicht in der Lage, jemanden zu büßen oder für eine Weile wegzusperren. Ein Journalist aber konnte, wenn er denn wollte, jemanden für immer vernichten.

»Wissen Sie«, sagte er und sah mir eindringlich in die Augen. »Es gibt Typen, wenn die eine Woche keine Semmelknödel bekommen, dann drehen die durch. Es gibt solche, die sich beschweren, weil sie drei Tage hintereinander zum Frühstück nur Brot, Joghurt, Spiegelei, Schinken, Käse, Früchte, Oliven und Kuchen essen müssen. Manchmal hab ich meine Arbeit echt satt. Dann halt ich's nicht mehr aus und streite mich mit den Gästen. Aber das ist nicht gut. Das kann mich meinen Job kosten.«

»Und der Deutsche war ein Semmelknödel-Typ?«

»Nein. Der gehörte zu den Schlimmsten von allen.« Er drückte seine Zigarette aus und nahm eine neue hervor.

»Und das wären?«

»Die Verschwender.«

Ich dachte an meine bisherigen All-Inclusive-Erlebnisse. »Die, die drei Stücke Fleisch auf den Teller legen und nur eines davon essen?«, fragte ich.

Er nickte und fuhr fort: »Das bringt mich in Rage. Diese Arroganz am Buffet. Lieber zu viel nehmen als zu wenig. Mal den Teller belegen und am Tisch entscheiden, was man mag.«

»Das ärgert mich jeweils auch«, pflichtete ich ihm bei. Ich sah, dass ihm das guttat.

»Ich war auf Lesbos«, sagte er und nahm einen besonders tiefen Zug, als wollte er damit die Intensität seiner Erfahrungen unterstreichen. »Da lagen Flüchtlinge am Strand, hungernd, ohne Familie, ohne Besitz. Und gleich daneben saßen diese fetten Touristen und ließen ihre halbvollen Teller stehen.«

Ich machte ein nachdenkliches Gesicht, um ihm meine Solidarität zu zeigen.

»Irgendwann«, sagte er, und der Zorn in seiner Stimme bereitete mir Unbehagen. »Irgendwann müssen diese Verschwender für ihre Rücksichtslosigkeit bezahlen.«

Taverna Mythos

Agios Georgios

Hotel Belle Helene

τρία

Frühmorgens, als ich mich auf den Weg ans Meer machte, ereignete sich etwas Merkwürdiges. Rund um den Hotelpool saß eine einzige Person, und zwar ausgerechnet auf dem Liegestuhl, auf dem der Tote gelegen hatte. Das fand ich ein wenig makaber. Es war Ingrid.

Gelegentlich kommt es vor, dass ein aktiver Sportler plötzlich stirbt. Ein Eishockeyspieler bei einem Autounfall, ein Basketballer an einem Tumor, ein Fußballer bei einer Messerstecherei. Dann zieht man für gewöhnlich seine Rückennummer aus dem Verkehr, hängt sie unter die Stadiondecke und vergibt sie aus Respekt vor dem Verstorbenen nie mehr an einen anderen Spieler. Etwas in der Art hatte ich mir wohl auch beim Liegestuhl am Pool vorgestellt, auch wenn mir klarwurde, wie idiotisch das war, als ich konkret darüber nachdachte.

Ich freute mich, Ingrid wiederzusehen. Doch ich konnte nicht anders, als sie gleich

auf ihre eigenartige Wahl des Liegestuhls anzusprechen.

Sie hielt sich beschämt die Hand vor den
Mund. »Ups«, stieß sie aus. Und dann grinste
sie verschmitzt und fragte mich: »Aber ist das
schlimm?«

Eine an der Luft liegende Leiche verwest
doppelt so schnell wie eine im Wasser liegende und acht Mal so schnell wie eine be-
grabene. Der Stoffwechsel endet nach dem
Tod eines Menschen nicht schlagartig, doch
beginnen die Mikroorganismen sogleich,
den Körper zu zerlegen. Hatte ich mal so gelesen.

»Weiß nicht«, sagte ich. »Ich hätte jedenfalls einen anderen Stuhl genommen.«

Sie zuckte mit den Schultern. Und blieb liegen.

»Noch etwas über den Toten gehört?«, fragte ich.

Sie schüttelte den Kopf und machte eine
Handbewegung, die besagte, dass sie sich
nicht weiter für die Sache interessierte.

Mich aber beschäftigte die Sache. Ich be-
merkte, dass ich sie nicht so auf die leichte

Schulter nehmen konnte wie offensichtlich Ingrid. Dass ich mich allein fühlte, weil ich mit niemandem darüber sprechen konnte. Weil niemand darüber sprechen wollte. Ich sehnte mich hier auf Korfu nach jemandem, dem ich vertrauen konnte.

»Ich finde, da geschehen ein paar seltsame Dinge, Ingrid.« Ich klang wie ein Detektiv in einer Mystery-Serie.

»Der Strand hier ist traumhaft, nicht wahr?«, sagte sie.

»Ja«, sagte ich, enttäuscht über ihren abrupten Themenwechsel. »Dahin wollte ich gerade.«

»Und was tust du sonst so?« Sie nahm die Sonnencrème zur Hand und begann, sich die Beine einzureiben.

Ich musste mich zusammenreißen, dieses Spektakel nicht allzu konzentriert mitzuverfolgen. Ich erzählte ihr von meinem Vorhaben, ein wenig zu wandern. Ein Wanderweg, der südlich von Agios Georgios über eine der beiden Erhebungen führte, die die Bucht umschlossen.

»Hört sich gut an«, sagte sie.

»Wo ist Klein-Ibrahimovic?«, fragte ich. Es war eine scheinheilige Frage. Es war ja nicht so, dass ich mich wirklich für den Jungen und seine Fallrückzieher interessierte. Mir schien, dass ich mich auf recht elegante Weise nach einem allfälligen Partner von Ingrid erkundigte.

»Ach. Den find ich richtig doof«, sagte sie.

»Was? Echt jetzt?«

»Ibrahimovic, meine ich.«

»Ach so. Ich mag ihn auch nicht besonders.«

»Er schläft noch. Mein Sohn.«

»Okay.«

»Und falls du darauf hinauswolltest.« Ingrid lehnte sich zurück – ich fragte mich, ob sie sich ein klein wenig vor mir räkeln wollte. »Mein Mann ist in Schweden. Er arbeitet.«

Da war sie also. Die Antwort auf meine tatsächliche Frage. Sie kam allerdings so direkt, dass sie meine recht elegante Weise in Zweifel zog.

»Dein Mann? Okay.«

»Ist in Schweden und arbeitet.« Mit glänzenden Beinen machte sie ihre Sonnencrème zu, legte sie auf den Boden und fragte mich:

»Wollen wir heute Abend zusammen ausgehen?«

Schon als ich loszog, war es heiß. Ich entfernte mich von der Küste von Agios Georgios, kam auf einer Sandstraße zur Fischtaverne Akrogiáli, ging durch Olivenhaine, der Weg wurde steiler, und erreichte bald die Fisherman's Taverne. Ein Hund kläffte, ansonsten schien sich niemand hierhin zu verirren.

Aus der Ferne entdeckte ich den alten Eselspfad, der sich an den Berg schmiegte und hinauf zum Felsentor führte. Mir wurde etwas bange. Ich stärkte mich mit einem Schluck Wasser und marschierte weiter.

Ich hatte eine Verabredung mit einer verheirateten Frau. Während ich höherstieg, überlegte ich mir, ob das eine gute Sache war oder nicht. Ich kam zu keinem eindeutigen Ergebnis. Auf jeden Fall war ich von uns beiden der Unbefangenere, derjenige, für den weniger auf dem Spiel stand. Was wollte sie mit mir? Sie sah blendend aus, war vermutlich ein paar Jahre jünger als ich, hatte einen Mann. Was konnte ich ihr bieten?

Ich war fünfunddreißig. Mein braunes Haar war einst dicht gewesen. Zu Schulzeiten hatte ich mich noch um schöne Kleider bemüht. Und in jungen Jahren hatte ich noch Sport betrieben. Bei allem Selbstbewusstsein, das ich manchmal durchaus besaß: Ich konnte mir schwer vorstellen, dass sich Ingrid Hals über Kopf in mich verliebt hatte, als wir uns vorgestern am Pool zum ersten Mal begegnet waren. Viel hatte ich ihr noch nicht über mich verraten. Sie wusste nicht einmal, dass ich Journalist war, dadurch viel herumkam und gelegentlich auf Partys von Halbpromis eingeladen wurde, was – wie mir meine Erfahrung zeigte – auf gewisse Frauen zweifellos eine gewisse Anziehungskraft besaß.

Flankiert von der Felswand und einer kleinen Steinmauer, hinter der sich der Abgrund auftat, folgte ich dem Pfad und war dabei so in Gedanken versunken, dass ich vergaß, die Aussicht zu bestaunen. Ich passierte ein Warnschild, das mir mit herabfallenden Steinen drohte, leerte meine letzten Wasservorräte und kam schließlich schweißgebadet an eine Stelle, an der der Pfad auf beiden Seiten von Felsen umrahmt wurde. Es musste das sein, das sie Felsentor nannten.

Ich blieb eine Weile stehen, fand den Ort schön, erfüllte meine Pflichten als Tourist und machte ein paar Fotos aus verschiedenen Winkeln, unter anderem so, dass man durch das Tor hindurch nach Pórto Timóni sehen konnte.

Dann zog ich weiter nach Kríni, das sich als erfreulich ursprünglich gebliebenes Bergdorf herausstellte. In einem Kafenion, in dem bis auf mich ausschließlich Einheimische saßen, trank ich eine große Flasche Wasser und wunderte mich einmal mehr über den beschämend tiefen Preis, den man dafür verlangte. Es war heiß, ich war durstig, eine Kombination, aus der man hätte Profit schlagen können, ich hätte für ein erfrischendes Getränk eine stattliche Summe lockergemacht. Aber so waren sie, die Griechen, und eine Welle der Sympathie durchströmte mich, dieses gebeutelte Volk verstand sich auf Gastfreundschaft eben besser als auf Geschäftemacherei.

Ich trat den Rückweg an, rastete noch einmal beim Felsentor und überlegte mir kurz,

wie ich meine Impressionen zu einem schönen Artikel für ionische-epen.de verarbeiten
konnte. Dann marschierte ich über den Eselspfad abwärts Richtung Agios Georgios, nun
empfänglich für die großartige Sicht auf die
ganze Bucht bis hoch nach Afiónas und hinüber nach Pórto Timóni. Und ja, ich freute
mich auf die Verabredung mit einer verheirateten Frau. Schon nur, um wieder einmal mit
jemandem am Tisch zu sitzen und zu reden,
aber ich wollte mir auch nichts vormachen,
ich freute mich auf Ingrid.

Während ich mich beschwingt wieder
dem Ort näherte, der für eine Woche mein
Zuhause war, spürte ich mein Handy vibrie-
ren, blieb stehen, und in eben jenem Moment
dröhnte es vom Fels herab, der sich zu meiner
Rechten erhob, und kurz darauf schlug ein
Stein von der Größe eines Fussballs nur einen
Schritt vor mir auf den Weg.

Meine Mutter, die mich in einer Nachricht
bat, ihr eine Flasche ionischen Sand mitzu-
bringen, hatte mir soeben das Leben gerettet.

Von Motorrädern verstehe ich nicht viel. Ich weiß gerade mal, was eine Harley ist, und auch da kenne ich mich nicht mit den Modellen aus, sondern sehe in erster Linie den Mythos, von dem die Marke umwoben ist. Dann denke ich an die ganz klassischen Dinge, Route 66, Lederjacken, Born To Be Wild, endlose Straßen, Freiheit. Gegen all diese Aspekte habe ich im Grunde nichts einzuwenden, doch wenn man das alles gleich zum Lebensstil erhebt, wie es viele Biker tun, finde ich das immer etwas aufgesetzt. Es erinnert mich ein wenig an den amerikanischen Traum des Marlboro-Cowboys und seine lächerlich inszenierte Männlichkeit.

Ich war ziemlich überrascht, als der Motorradfahrer dicht neben mir anhielt, den Helm auszog und sich als Ingrid entpuppte. Sie trug Jeans und eine Lederjacke mit Fransen an den Ärmeln, ihr Haar war leicht zerzaust, und sie lachte, wahrscheinlich über mein Gesicht.

»Komm schon, steig auf!«, rief sie mir zu.

Ich trug ein Hemd, eine kurze Hose und Sandalen, ich hatte mich auf einen Spaziergang am Meer und irgendeine Strandbar eingestellt. Doch als sie mir einen Helm reichte und mich voller Erwartung ansah, hatte ich wohl keine Wahl.

Schon nach wenigen Sekunden Fahrt wurde mir klar, dass ich bei meinen Vorstellungen über das Motorradfahren etwas Wichtiges vernachlässigt hatte: Das Erleben der Geschwindigkeit. Wir flogen regelrecht über die Straßen, das Adrenalin durchströmte meinen ganzen Körper und versetzte mich in einen Rausch, an dem bestimmt auch die Nähe von Ingrid ihren Anteil hatte, denn ich umschlang ihre Taille fest, um mich auf dem Gefährt zu halten, und spürte dabei ihre Wärme.

Nach rund zehn Minuten erreichten wir ein Rockfestival, das auf dem Gelände der Corfu-Beer-Brauerei stattfand. Ich war begeistert.

»Das war aber ein ziemlich wilder Ritt«, sagte ich, als wir vom Motorrad abstiegen.

»Findest du?«, sagte sie mit unschuldiger Miene. Sie sah zufrieden aus.

Wir gingen zunächst zum Gebäude, in dem man das Bier herstellte und sich ein kleiner Laden befand. Ich kaufte ein schwarzes T-Shirt mit dem Logo der Brauerei, ein ionisches Pilsner und für Ingrid eine alkoholfreie Limonade. Wir setzten uns an einen massiven Holztisch vor dem Laden, stießen an und nahmen einen Schluck. Hinter mir hing ein großes Plakat an der Wand, auf dem das ganze Sortiment der Brauerei abgebildet war, durch das ich mich in diesen Tagen trank. Ich reichte Ingrid mein Handy und bat sie, ein Foto von mir und dem Plakat zu machen. Sie drückte ab, und beim Betrachten des Resultats lachten wir, denn das Plakat mit den Bierflaschen hatte sie gänzlich eingefangen, von mir aber war nur die Stirn zu sehen.

Wir überquerten die Straße, an der Kasse bezahlte ich die beiden Eintritte, um mich für die Motorradfahrt zu bedanken, und wir betraten das Festivalgelände. Es war noch nicht viel los. Ein paar Imbissstände, ein paar weiße Plastikstühle wie auf einem Gartenfest, mitten im Grün eine kleine Bühne, auf der ein Gitarrist den Soundcheck durchführte. Bald holte ich uns zwei weitere Flaschen.

Als wir uns irgendwo in den Schatten setzten, ereilte mich das Gefühl, dass der Vorspann unseres Treffens nun vorbei war. Wenn sich zwei Menschen unterhalten, die sich nicht kennen, führen oft gewisse Automatismen dazu, dass das Gespräch für eine Weile in Gang gehalten wird. Irgendwann aber sind die Oberflächlichkeiten erschöpft, und dann zeigt sich, ob man sich wirklich etwas zu sagen hat.

Ich kam auf den Toten zu sprechen, denn noch gab es außer ihm wenig, das Ingrid und mich verband. Und, ganz der Journalist, stellte ich das Thema Mord in den Raum.

Ohne sonderlich überrascht zu sein, sah sie zur Bühne, auf der sich nun die erste Band versammelte. Davor standen einige wenige Zuschauer, einer rief den Musikern etwas auf Englisch zu. »Weißt du, warum hier nie ein Mord geschehen wird?«, sagte Ingrid und nahm einen Schluck Royal Ionian, wie ihre Limonade hieß.

Ich wartete auf ihre Erklärung.

»Weil sie Morde hier nicht brauchen können. Weil ein gewaltsamer Tod hier auch der

Tod dieses Paradieses wäre. Zumindest für einen Sommer. Oder für zwei. Und das können sie sich nicht leisten. Deshalb wird es hier immer nur Unfälle geben. Ertrinken im Meer. Alkoholvergiftungen. Oder eben Herzstillstände.«

Was sie da sagte, war natürlich so reißerisch, als stünde es in einer der Zeitungen, für die ich gearbeitet hatte. Aber ich musste zugeben, dass mich die Theorie nicht ganz kaltließ.

»Du meinst, dass wir hier so etwas wie eine rechtfreie Zone haben?«

»Gib jemandem eine Ohrfeige. Dann heißt es, du hättest seine Wange gestreichelt.«

»Dabei habe ich gar nicht den Eindruck, dass sich hier alle liebhaben.«

Ich erzählte ihr vom Sport-Bild-Leser und von der Rivalität zwischen Borussia Dortmund und Schalke 04. Ich erzählte ihr vom Koch und seinem Hass auf die verschwenderischen Touristen. Und ich erzählte ihr von meiner Wanderung, die ich nur mit Glück überlebt hatte.

»Dann trinken wir auf dein Leben!«, lautete ihr lakonischer Kommentar dazu.

»Und auf dieses Paradies, in dem es keine Gewalt gibt«, fügte ich hinzu.

Wir hoben unsere Flaschen und stießen erneut an.

Die Band spielte nun, ganz traditionellen Bluesrock, und allein das Abendrot, das uns in ein schummriges Licht tauchte, machte aus dem unverbindlichen Getränk, zu dem wir uns getroffen hatten, ein Date. Sie hatte ihre Lederjacke inzwischen ausgezogen, darunter trug sie ein schwarzes rückenfreies Oberteil, das ihr Engel-Tattoo optimal in Szene setzte. Das Haar fiel ihr locker über die Schultern, das Tragen des Helms schien der Frisur nicht geschadet zu haben. Wie die Sache wohl bei mir aussah?

Wir wechselten das Thema. Ich erfuhr, dass sie gar nicht im Hotel Belle Helene wohnte, sondern eine Pension am Ortsrand besaß und seit Jahren einen längeren Teil des Sommers dort verbrachte. Ins Hotel kam sie regelmäßig mit ihrem Sohn wegen des Pools, der allen frei zugänglich war. Eine Bekannte aus dem Ort kümmerte sich heute Abend um den Jungen.

Und wie immer, wenn ich jemanden kennenlernte, kamen wir bald auf meinen sonderbaren Vornamen zu sprechen.

»Meine Mutter liebt Hermann Hesse. Zumindest tat sie das einmal. Deshalb heißt mein Bruder Harry, wie der Typ im Steppenwolf. Und ich eben Demian, nach einer Erzählung von Hesse.«

»Für mich ist Steppenwolf eher eine Band.«

»Klar, du fährst ja auch Motorrad.«

»Und was hältst du davon? Von deinem Namen, meine ich.«

»Na ja. Ich bin einfach froh, dass ich nicht Siddharta heiße«, gab ich meinen Standardwitz zu diesem Thema zum Besten, den ich gelegentlich mit Goldmund variierte.

Sie lachte, obwohl ich nicht wusste, wie gut sie sich in der deutschen Literaturgeschichte auskannte.

»Dann ist sie so ein richtiger Bücherwurm?«

»Hm. Eher so ein esoterischer Späthippie. Als wir Kinder waren, reisten wir regelmäßig nach Matala auf Kreta. Dann spielte sie uns am Strand auf der Gitarre vor und erzählte uns, dass alles auf der Welt schön ist.«

»Und wie lange hast du daran geglaubt?«

Ich dachte nach. »Ich glaube, bis vorgestern.«

»Das hat aber lange gedauert bei dir.«

Stimmte es, was ich sagte? Ich hatte in meinem Leben schon meinen Vater, meinen Job, meine Freundin verloren – das war gewiss nicht alles schön. Und doch überschattete dieser Todesfall am Pool meine Welt in einer Art, die ich bisher nicht gekannt hatte. War es diese Unvereinbarkeit der Geschehnisse mit der Umgebung, die mich erschütterte? Dieses plötzliche Unheil hier auf der Insel der Seligen? Oder war es einfach das Bier, das mich gerade empfindlich machte und mir elegische Gedanken zutrug?

»Vorgestern war aber auch der Tag, an dem du mir zum ersten Mal begegnet bist«, sagte Ingrid.

»Es war auf jeden Fall ein aufwühlender Tag.«

Es knisterte gelegentlich ein bisschen, doch schließlich blieb die Ausfahrt ans Rockfestival trotz betörendem Abendrot nur eine Ausfahrt an ein Rockfestival. Bald fuhren wir zurück nach Agios Georgios, und natürlich wäre ich gerne noch mit ihr durch die Nacht spaziert. Natürlich hätte ich mich gerne noch mit ihr an den Strand gesetzt und in die Sterne gesehen. Doch als sie sich vor dem Hotel von mir verabschiedete und davonbrauste, versuchte ich, darüber erleichtert zu sein, mich nicht in eine komplizierte Geschichte verwickelt zu haben. Jedenfalls noch nicht.

Zurück im Hotel erreichte mich auf meinem Handy die verwirrende WhatsApp-Nachricht: »Etwas an diesem Tod ist faul. Könnten Sie nicht ein bisschen recherchieren?«

Ich sah mir das Profilbild der unbekannten Nummer an. Ein Mann. Schnurrbart. Sonnenbrille. Im Hintergrund das Meer. Ich fragte mich, wer das sein konnte. Als ich das Bild vergrößerte, erkannte ich die Narbe an der Stirn wieder. Es war der Tote.

Ich hatte nicht besonders viel getrunken. Drei Corfu Beer am Festival in Arillas. Ein Glas Retsina an der Poolbar. An mir konnte es nicht liegen. Da wollte mich jemand an der Nase herumführen.

»Was läuft hier?«, schrieb ich zurück. Und fügte noch hinzu: »Auferstanden?«

Die Antwort kam sofort: »Nee, leider nicht. Ich bin's, Lily Rahn, die Witwe. Foto meines Mannes ist nur das aktuelle Profilbild. Tut mir leid ...«

»Ach so ...« Da bin ich ja beruhigt, wollte ich schon schreiben, sah dann aber davon ab. »Woher haben Sie meine Nummer??«

»Ihr Name stand vorne im Bannalec. Ihre Nummer im Internet. Also: Helfen Sie mir?«

»Ich bin im Urlaub und melde mich nach meiner Rückkehr wieder«, schrieb ich und löschte es gleich wieder. Man sollte Trauernden nicht mit Ironie kommen, also schrieb ich: »Ich denke darüber nach. Gute Nacht!«

Hotel Belle Helene

Eselspfad

Felsentor

Krini

Blues Rock Festival

τέσσερα

Ich verzichtete auf das morgendliche Bad im Meer und suchte stattdessen den nächsten Fahrradvermieter auf. Er hieß Spiros und gab mir ein Mountain Bike mit vierundzwanzig Gängen.

Über Nacht hatte ich mir die Welt wieder zurechtgerückt. Ingrid war eine einsame Frau, deren Mann zu viel arbeitete, statt sich um seine Familie zu kümmern. Sie suchte Gesellschaft, aber nur ein bisschen. Die Witwe war eine verzweifelte Frau, die zu viele Krimis las. Sie versuchte, dem sinnlosen Tod ihres Gatten einen Sinn zu verleihen. Und ich war ein orientierungsloser Mann, der soeben verlassen worden war und sich nach neuen beruflichen Perspektiven umsah. So war es, und die komplizierten Lebenswege der beiden Frauen hatten sich mit jenem von mir gekreuzt.

Ich fuhr den steilen Anstieg hinauf nach Pági und stellte mir dabei vor, mich bei der

Tour de France in Führung liegend zur Alpe d'Huez hochzukämpfen. Der Radsport war einst eines meiner liebsten Ressorts gewesen, bis es mir an Skandalen zu viel wurde und es mir wehtat, darüber unbeschönigt zu berichten.

Kurz vor Pági war ich am Ende meiner Kräfte, ich spürte meine Beine kaum mehr, und hätte mir ein Arzt irgendeine leistungssteigernde Substanz angeboten, ich hätte ohne Zögern zugegriffen.

Ich schaffte es schließlich auch sauber bis ins Dorf. Erschöpft ließ ich mein Fahrrad an einer mit Efeu überwachsenen Mauer stehen, ging schweren Schrittes zu Fuß weiter und gelangte über eine Treppe auf einen Friedhof.

Auf dem Hof standen die Überreste einer Kapelle. Sie hatte kein Dach mehr, keine Tür und keine Fenster. Die Grabsteine befanden sich vor ihrem Eingang, aber auch innerhalb ihrer zerrissenen Mauern. Aus den Grabbeeten wuchsen wilde Pflanzen, die weißen Kreuze standen schief und glänzten in der Sonne. Es war ein wunderbarer Ort. Beinahe hätte ich mir gewünscht, für immer hierzubleiben.

Ich begab mich zum Mittelpunkt des kleinen Ortes und aß einen Teller Dolmádes in der
Romeos Taverna. Als ich bezahlte, schenkte
mir der Kellner einen selbstbemalten Stein.
Dann schaute ich im Kafenion gleich gegenüber vorbei. Es nannte sich »Spiros Bond 007«.
Spiros, weil der Wirt Spiros hieß. Und Bond
007, weil 1981 unter anderem in dieser Straße
der James-Bond-Film »In tödlicher Mission«
gedreht worden war. Ich trat ein. In einem
Fernseher liefen die entsprechenden Szenen,
offenbar den ganzen Tag über in Dauerschlei-
fe, und noch bevor ich etwas bestellte, erhielt
ich ein Fotoalbum in die Hand gedrückt, das
die Dreharbeiten dokumentierte. Man war
stolz darauf, Roger Moore als Kulisse gedient
zu haben. Ich bestellte ein Tsitsibíra, ein Ing-
werbier, das gar kein Bier ist, sondern eine
Ingwerlimonade. Während ich sie trank, sah
ich mir die Filmszenen an. Eine Verfolgungsjagd inmitten der Olivenbäume. James Bond
fährt seinen Verfolgern in einem gelben Citroën davon. Ein Bus, der die Straße blockiert,
in der ich mich gerade befinde. Der Citroën
dreht sich und fällt aufs Dach, direkt vor dem

Kafenion von Spiros. Als ich ging, wurde ich wiederum beschenkt, dieses Mal mit einer Korfu-Karte im James-Bond-Design.

Ich war wieder etwas zu Kräften gekommen. Und das verlieh mir die Tollkühnheit, weiterzufahren Richtung Prinilas und Vistonas.

In wiederum bedenklich erschöpftem Zustand hielt ich am Straßenrand, wo eine kleine Hütte stand, bei der man sich verpflegen konnte. »Marco Polo Wein« stand auf einer Holztafel, und »To Chelidóni« – die Schwalbe.

Ein älteres Ehepaar stand hinter der Theke. Als der stämmige Mann mich kommen sah – ich war schweißüberströmt und hatte vermutlich einen hochroten Kopf – füllte er einen Becher mit hausgemachtem Rotwein und reichte ihn mir. Rotwein war nun nicht als optimaler Durstlöscher bekannt, aber ich wollte nicht wählerisch sein, außerdem hatte er mir den Becher offeriert. Ich trank ihn in einem Zug leer. Das freundliche Ehepaar amüsierte sich darüber. Ich erhielt einen zweiten Becher und kaufte eine Flasche zum Mitnehmen für vier Euro.

Der Mann hinter der Theke hieß zu meiner
Überraschung nicht Spiros, sondern Panagiotis. Die Frau hieß Amalia. Die beiden spra-
chen ausschließlich Griechisch mit mir. Das
machte den Austausch zu einer echten Her-
ausforderung, das gefiel mir. Endlich konnte
mein 300-Wörter-Vokabular seine ganze Wir-
kungskraft entfalten.

Ich erfuhr, dass in zwei Tagen ein Fest in
Agios Georgios stattfinden würde. Ein Fest
vor allem für Einheimische. Panagiotis und
Amalia würden auch da sein. Ich sei willkommen, bei ihnen vorbeizuschauen. Ich war ge-
rührt, bedankte mich und versicherte ihnen,
am Fest teilzunehmen.

Die Fahrt zurück nach Agios Georgios ging
nun meistens bergab und war nicht mehr
so kräftezehrend. Die Zwischenverpflegung
am Weinstand ließ mich die kurvenreiche
Strecke aber nicht unbedingt souveräner be-
wältigen. An einer Haarnadel, an der sich
die Bucht von Agios Georgios wie aus einem
Flugzeug bestaunen ließ, rastete ich. Dort saß
ein Künstler unter einem Sonnenschirm und
malte. Ich verschnaufte kurz, sah mir seine

Wasserfarbenbilder an, er erzählte mir ein
bisschen von seinem künstlerischen Schaffen. Dann fuhr ich weiter.

Kurz darauf hörte ich, wie sich mir von hin-
ten ein Fahrzeug näherte. Ich fuhr unbeirrt
weiter und bemühte mich, den Wein in die
Schranken zu weisen. Als das Fahrzeug mich
nicht überholen wollte, warf ich einen Blick
zurück. Es war ein blauer Lieferwagen, und
ich meinte, hinter dem Steuer einen Mann
mit Sonnenbrille und Hut auszumachen. Mir
war bewusst, dass das Überholen vor Kurven
gefährlich war. Ich drosselte das Tempo, versuchte, so gut wie möglich am Straßenrand zu
fahren, und forderte den Mann per Handzei-
chen auf, an mir vorbeizufahren. Doch er kam
nicht. Ich begann, mich unwohl zu fühlen.
Ich dachte an die Verfolgungsjagd von James
Bond, die ich im Kafenion von Spiros gesehen
hatte. Und eben als ich anhalten wollte, damit
ich die Rückfahrt wieder genießen konnte,
trat der Fahrer aufs Gas, der Wagen preschte
nach vorne, berührte mich mit der Seite, ich
geriet ins Wanken, verlor das Gleichgewicht
und stürzte neben die Straße ins Gebüsch.

Der Lieferwagen war endlich an mir vorbeigezogen und verschwand um die Kurve.

Zurück in Agios Georgios gönnte ich meinem geschundenen Körper eine Abkühlung im Meer. Ich hatte Prellungen an der Hüfte und der Schulter, leichte Schürfungen am Ellbogen, zudem brannten meine Beine von den Strapazen. Alles in allem hatte ich die anstrengende Fahrradtour inklusive Sturz also recht gut überstanden.

Es waren weniger die körperlichen Leiden, die mich bekümmerten. Was war geschehen? War ich dem Lieferwagen angetrunken in die Seite gefahren? Ich hatte die Situation anders erlebt. Der Lieferwagen war mir in die Seite gefahren. Warum? Weil der Fahrer ebenfalls Halt bei Panagiotis und Amalia gemacht hatte? Oder weil er mir eine Lektion erteilen, mich gar aus dem Weg räumen wollte?

Plötzlich sah ich auch den Steinschlag vom Vortag in einem anderen Licht.

Wusste ich zu viel? Ich wusste ja praktisch nichts.

Ich war am Hotelpool Zeuge eines Todes geworden. Ich hatte mich ein wenig für die Sache interessiert, hatte mit Leuten darüber gesprochen, mit Stella und dem Inspektor, mit dem Dortmund-Anhänger, mit dem Koch. Und ich war Journalist. Genügte das schon, um mich in Gefahr zu bringen?

Als sich die Leute allmählich vom Strand entfernten und die Hitze erträglicher wurde, setzte ich mich in den Sand und öffnete die Flasche von Panagiotis und Amalia. Ich hatte nicht mal einen Becher dabei, doch das war mir egal.

Ich versuchte gerade, mich mit dem Wein und dem Blick auf die sanft wogenden Wellen des Meeres zu beruhigen, als ich eine Berührung an meiner Hüfte spürte. Vor Schreck verschüttete ich ein paar Tropfen des Weins.

Es war lediglich ein Ball gewesen, der angerollt gekommen war. Ein blaugelber Fußball.

»Mein Gott. Was ist denn mit dir passiert?«, fragte Ingrid, als sie mich sah.

»Ich habe ein Fahrrad gemietet ...«

Sie setzte sich neben mich, während ihr Sohn etwas abseits von uns schon wieder begann, seine Jonglierkünste zu trainieren. Ich erzählte ihr von meinem Sturz, wobei ich verschwieg, dass ich einen Anschlag auf mich für möglich hielt. Ich wusste nicht mehr, wem ich hier noch vertrauen konnte.

»Es tut mir leid, dass ich dich gestern schon früh sitzengelassen habe. Das hast du dir vielleicht anders vorgestellt«, sagte sie.

Es war heikel, darauf etwas zu sagen. Ich wollte ihr keine Vorwürfe machen, aber ich wollte auch nicht allzu desinteressiert klingen. »Ist schon gut«, sagte ich.

»Ich muss dir etwas sagen, Demian.« Ihr Blick verriet mir, dass nun etwas Ernstes kommen würde.

Mir stockte der Atem. Ihre hellen Augen wirkten nun kühl auf mich, und einen Augenblick dachte ich, sie habe etwas mit dem Tod am Pool und mit meinem Unfall zu tun. Doch dann sagte sie: »Mein Mann. Der in Schweden ist. Ist gar nicht mehr mein Mann.«

Ich war erleichtert und verwirrt zugleich.

»Ich benutze ihn als Schutzschild«, erklärte sie. »Weißt du, wenn man ohne Mann unterwegs ist, denken viele Männer gleich, man gehöre ihnen schon.«

»Und warum sagst du mir jetzt die Wahrheit?«

»Ich mag dich, Demian. Du bist nicht wie andere. Aber eine Urlaubsliebschaft ist jetzt nicht das, was ich brauche.«

»Was brauchst du dann?«

»Einen Schluck Wein vielleicht?«

Die Nachricht von Lily Rahn enthielt weder einleitende noch abschließende Grüße: »Jetzt ist es bewiesen, Hartmut wurde vergiftet! Finden Sie den Schuldigen, bitte!«

Hartmut Rahn. Tippte ich sogleich bei Google ein. 4170 Ergebnisse. Ich klickte mich durch einige Seiten. Ein Priester. Das musste ein Namensvetter sein. Der Telekommunikationsexperte ebenfalls. Immobilienmakler aus Gelsenkirchen. Volltreffer. Inhaber eines Büros mit vier Angestellten. Dreiundvierzig Jahre alt. Verheiratet mit der Sekretärin Lily. Hobbys: Schalke, Reisen, Biergarten.

Mein Unfall, der vielleicht ein Attentat war. Die verheiratete Schwedin, die keinen Ehemann mehr hatte. Der Mann am Pool, der gestorben war, möglicherweise auf Wunsch von jemandem. Langsam wurde es mir zu viel.

Ich sehnte mich nach zu Hause, nach Sarah, sogar nach meiner mir überdrüssig gewordenen Arbeit.

Auf dem Weg in mein Hotelzimmer ging ich an der Poolbar vorbei und hörte eine heisere Stimme rufen: »Hiergeblieben!« Der Dortmunder. »Ich schulde Ihnen noch ein Bier!«

Schon eilte er so entschlossen an die Theke, dass es mir zwecklos schien, mich zu widersetzen. Auf einem Barhocker entdeckte ich den Hipster wieder, er unterhielt sich lächelnd mit Stella.

Ich setzte mich an einen Tisch, an dem ich einen guten Überblick über den Bereich der Poolbar hatte. Während ich auf das Bier wartete, spürte ich einen Blick auf mir. Es war die Frau des Dortmunders, jedenfalls seine Begleiterin, die mich eindringlich musterte, und als sich unsere Blicke kurz trafen, stand sie auf und kam auf mich zu. Auch das noch. Ich wollte hier keine Bekanntschaften mehr schließen.

»Ist es denn möglich?«, sagte sie. »Demian Baldvin, nicht wahr?«

Sie sah ganz elegant aus. Sie trug ein seidenes Hemd und eine schlichte Kurzhaarfrisur. Ich schätzte sie auf sechzig. »Ja ...«, stammelte ich. »Kennen wir uns?«

»Zumindest ich Sie. Aus der Zeitung.«

»Sie sind aber aufmerksam.«

»Na ja, ich kenne die Medienlandschaft recht gut. Ich habe beruflich viel mit Schreibern zu tun.«

»Was machen Sie denn beruflich?«

»Ich bin Verlagslektorin.«

Das überraschte mich. Ich hatte mir die Frau des Fußball-Anhängers, der Schalker nicht mochte und sich schon am Morgen dem Bier widmete, nicht als Verlagslektorin vorgestellt.

»Dann könnten Sie ja mal was von mir veröffentlichen«, versuchte ich, das Gespräch locker zu halten.

»Wie ich hörte, haben Sie ja jetzt viel Zeit ... Was ist passiert?« Sie bemühte sich, ihre Neugierde in Anteilnahme zu verpacken.

»Ich wurde halt gefeuert.« So unverblümt hatte ich das noch nie ausgesprochen. Und ich fühlte mich gar nicht so übel dabei. Die Worte verliehen mir etwas Rebellisches, und das fand ich durchaus erstrebenswert.

»So viel habe ich auch schon gehört.« Ihr Anstand gebot es ihr, das »Aber warum denn?« nicht auszusprechen, sondern mir nur per Blick zu übermitteln.

»Ich habe eine Fake-Reportage abgeliefert.« Zur Hölle mit der Geheimnistuerei, dachte ich, ich hatte dieser ganzen Scheinwelt ja auch irgendwie den Spiegel vorgehalten, so musste ich die Sache sehen. »Eine Reportage über Usain Bolt. Stimmen über ihn aus aller Welt eingeholt. Doch die zitierten Personen gab es gar nicht. Ich habe sie alle erfunden.«

»Und haben damit eigentlich Literatur erschaffen.«

»Ich biete Ihnen das Manuskript zu guten Konditionen an«, sagte ich mit gespieltem Ernst.

Sie lachte. »Schreiben Sie besser einen Krimi«, sagte sie. »Verkauft sich besser.«

»Warum eigentlich nicht?«

»Dann los!«

»Ich habe auch schon einen Titel: Fear And
Loaghing In Agios Georgios.«

»Und der ist schon mal schlecht.«

»Hier, Ihr Bier«, sagte der Westfale. Er
stellte zwei große Mythos und ein Aperol
Spritz auf den Tisch. »Ich hatte ja schon be-
fürchtet, Sie seien abgereist.«

»Wie schade, dass du schon kommst«, sagte seine Frau. »Ich habe mich blendend mit
Herrn Baldvin unterhalten.«

Es wurde nichts aus meinem Vorhaben, mich
früh ins Hotelzimmer zu begeben. Vielleicht
hatte ich mich vor der Einsamkeit gefürch-
tet, die dort herrschte. Andererseits wäre ich
im Zimmer zumindest in Sicherheit gewesen, doch mit jedem Getränk, das ich zu mir
nahm, sah ich den Sturz vom Fahrrad und die
Behauptung der Witwe gelassener. Ich hatte
Anke und Rainer aus Dortmund noch eine
Runde bezahlt, und sie dann wiederum mir,

bevor sie schwankend schlafen gingen. Und ich noch schwankend an der Bar stehenblieb.

Dass ich den Zeitpunkt zum Aufbruch verpasst hatte, wurde mir endgültig klar, als der Zorbas-Tanz aus den Lautsprechern erklang. Bis auf Stella war niemand mehr da, und als sie auf mich zukam, dachte ich schon, sie wolle mich zum Tanzen auffordern. Doch sie sagte: »Ich muss mich bei dir entschuldigen. Ich war nicht besonders nett zu dir.«

»Kein Problem«, sagte ich, angenehm überrascht über ihre plötzliche Freundlichkeit. »Es ist sicher nicht einfach für dich in diesen Tagen.«

»Es ist nicht nur das.«

Stella erzählte mir ein wenig aus ihrem Leben, und sie tat das in einem so rasantem Tempo, dass ich Mühe bekundete, alles aufzunehmen. Dabei sprach sie in meiner Sprache, die Vorteile lagen klar auf meiner Seite. Tatsächlich schien sie sehr gebildet zu sein. Sie hatte in Athen Recht studiert. Keine Arbeit gefunden. Die Krise. Als Frau habe man es noch schwerer. Jetzt war sie halt Barkeeperin. Und dabei etwas frustriert.

»Ich wollte etwas gegen die Ungerechtig-
keit tun«, sagte sie.

»Und jetzt tust du etwas gegen den Durst«,
sagte eine tiefe Stimme.

Ich hatte gar nicht bemerkt, dass jemand
neben mir stand. Es war der Koch. Er fügte
etwas auf Griechisch hinzu, das ich nicht verstand, bevor er auch mich flüchtig begrüßte. Er hatte eine Zigarette in der Hand, die
nicht angezündet war. Genau deshalb war er
offenbar hier. Stella kramte hinter der Theke
in ihrer Handtasche, und da sah ich es. Ich
war etwas betrunken und sah es nur für den
Bruchteil einer Sekunde, doch ich war mir
ziemlich sicher, dass ich mich nicht täuschte. In ihrer Handtasche lag ein Bündel Geld.
Hunderteuroscheine. Vielleicht hundert Hunderteuroscheine. Zehntausend Euro.

Stella reichte dem Koch Feuer, er schritt
rauchend wieder davon.

Während ich darüber nachdachte, was
Stella mit so viel Bargeld in der Handtasche
anstellen wollte, dabei etwas nervös wurde,
denn so viel Geld trug man nicht einfach so in
der Handtasche, außer man hatte etwas vor,

das man heimlich vorhaben musste, etwas, das sich nicht mit ihrem Studium der Rechte vereinbaren ließ, und vielleicht hatte ich ja nur eines von vielen Bündeln erblickt ... Während ich also über all das nachdachte, schob mir Stella ein Glas zu.

Ich roch sofort, dass es ein Ouzo war.

»Geht aufs Haus!«, sagte sie.

Ich dachte an das Geld in ihrer Handtasche, an ihren stechenden Blick, mit dem sie die Leute oft musterte. Und vor allem dachte ich nun an das Bild, das ich vom Toten gemacht hatte, und an das Getränk, das neben ihm auf dem Tischchen gestanden hatte, ein halbvolles Glas Ouzo.

»Nimmst du auch eins?«, fragte ich, um Zeit zu gewinnen.

»Warum eigentlich nicht?«

Ich sah ihr zu, wie sie eine Ouzo-Flasche vom Regal nahm, ein Glas etwa zu einem Drittel damit füllte, und schließlich Wasser dazugab, was den durchsichtigen Ouzo sogleich trübte.

»Yamas«, sagte sie, und wir stießen an.

Ich roch an meinem Glas. Es war auf jeden Fall Ouzo.

Sie trank.

Ich spürte, dass sie mich nicht aus den Augen ließ. Ich hob das Glas an –

und trank nicht.

»Es tut mir leid, aber ich habe heute schon genug getrunken«, sagte ich.

Und die ganze Freundlichkeit, die sie in den letzten Minuten aufgebaut hatte, fiel rapide von ihr ab.

Es war ja schon so. Ich hatte tatsächlich genug getrunken. Das wurde mir eindrücklich demonstriert, als ich in meinem Hotelzimmer auf meinem Handy herumdrückte: Ich musste ein Auge zumachen, um scharfzustellen.

Aber darum ging es nicht. Den Ouzo hätte ich unter normalen Umständen gerne getrunken, ungeachtet des Vorprogramms. War ich paranoid geworden? Die Vorstellung, Stella habe mich vergiften wollen, schien mir nun absurd. Doch wenn einem ein massiver Stein vor die Füße fällt und einen tags darauf ein Lieferwagen anfährt, wird man vorsichtig.

Die Witwe hatte sich wieder bei mir gemeldet. Die Nachricht enthielt ein Bild des Mannes, dessen Tod ich praktisch beigewohnt hatte. »Das letzte Foto von ihm«, schrieb sie dazu, und ich musste daran denken, dass sie sich wohl irrte, mein Foto war bestimmt aktueller. Ich sah mir ihres genauer an. Es war das Bild, aus dem sie einen Ausschnitt für ihr Profilfoto genommen hatte – ein Mann, Schnurrbart, Sonnenbrille, Narbe, im Hintergrund das Meer – doch nun war auch die Straße zu erkennen, die direkt am Hotel Belle Helene vorbeiführte, und am rechten Bildrand ein Mann, der rauchte und sich gegen ein Fahrzeug lehnte. Mir stockte der Atem.

Der Koch und der blaue Lieferwagen.

Pagi

Spiros Bond 007

Panagiotis & Amalia

SONNTAG GESCHLOSSEN

Agios Georgios

Hotel Belle Helene

πέντε

Ich war nach Korfu gekommen, um eine gute Zeit zu haben. Ich wollte mich von meinem Rausschmiss auf der Redaktion erholen. Ich wollte ohne Druck über etwas schreiben, das mich interessierte. Ich wollte Sarah vergessen. Ich wollte die Sonne und das Meer genießen. Ich wollte sorglose Fahrradfahrten unternehmen. Ich wollte den zweiten Bannalec-Band lesen. Ich wollte mein Handy ausgeschaltet lassen. Ich wollte vor dem Schlafengehen einen Ouzo trinken.

Von all meinen Vorhaben war mir jenes, nicht ständig an Sarah zu denken, noch am besten gelungen. Immerhin.

Doch ich wollte mir auch nicht alles bieten lassen. Ich wollte mich nötigenfalls zur Wehr setzen. Und ich wollte, wenn es in meiner Macht stand, die Wahrheit kennen.

Ich fuhr zu Spiros, dem Fahrradvermieter, und brachte ihm das Fahrrad zurück. Ich war ein wenig verkatert und befand mich

vielleicht gerade deshalb in einem draufgän-
gerischen Modus. Bei Spiros nahm ich mein
Handy hervor, zeigte ihm das Foto mit dem
blauen Lieferwagen und befragte ihn dazu.

Er lachte nur. Im Sommer seien hier täg-
lich hunderte Fahrzeuge unterwegs. Er kenne
lediglich seine eigenen.

Ich zeigte ihm kommentarlos das Foto vom
Hotelpool, auf dem unter anderem ein Toter
abgebildet war.

Wiederum lachte er, in der Annahme
wohl, dass sich ausschließlich Touristen an
den Pool begeben.

Ich bat ihn um etwas mehr Sorgfalt, da
zeigte er auf Stella. Die kenne er natürlich. Sie
sei mit ihm zur Schule gegangen. Auch wenn
es nicht immer den Anschein mache, sei sie
ein guter Mensch. Sie habe sich ihr Leben
eben ein bisschen anders vorgestellt.

Ich bedankte mich, mietete einen Roller
und wagte mich wieder auf die unberechen-
baren Straßen von Korfu.

Einerseits war es sehr behaglich, die steile
Straße hinauf nach Pági nicht hochstrampeln

zu müssen, sondern auf einem motorisierten Gefährt hinaufzutuckern. Andererseits war der Roller nicht in der Lage, mich in jenen Rausch der Geschwindigkeit zu versetzen, den ich auf Ingrids Motorrad erlebt hatte. Auf dem ersten Streckenabschnitt kontrollierte ich noch regelmäßig im Rückspiegel, ob mir jemand folgte. Doch da sich hinter mir nichts Bemerkenswertes ereignete, schüttelte ich meine anfängliche Beunruhigung rasch ab.

Die Kulisse wurde mit jedem zurückgelegten Höhenmeter spektakulärer, der Fahrtwind kühlte meine Haut, und die Kraft, mit der mich der Roller bergauf katapultierte, verlieh mir nun doch eine Ahnung von Freiheit.

Von der Anhöhe aus, auf der der Künstler wiederum seinen Sonnenschirm aufgeschlagen hatte, war Agios Georgios winzig klein. Eine Häusersiedlung an einer sandigen Bucht. Und mit dem Ort wirkte auch alles, was dort geschah und geschehen war, klein und bedeutungslos. Ein Mann starb am Pool. Ein Journalist suchte nach einer neuen Bestimmung. Ein Deutscher trank am Morgen ein Bier. Eine Schwedin ging mit ihrem Sohn baden. Ein Koch rauchte. Eine Barkeeperin hatte viel Geld in der Tasche. Wen interessierte das hier oben? All diese Episoden fanden aus der Vogelperspektive gar nicht statt.

Ich stieg von meinem Roller ab, um mir einen Augenblick der Ruhe zu verschaffen. Dem Himmel nah, den Dörfern fern, verspürte ich eine Demut vor der Natur und der Zeit. Hier gab es keine Jahreszahlen mehr, keine Wochentage, keine Lebensentwürfe, keine Erwartungen und Pflichten, keine Kultur.

Ich war lediglich ein unbefangener Mensch auf einer grünen Insel im ionischen Meer.

Als die Erhabenheit, die mich hoch über Agios Georgios durchflutete, nachließ und meine kleine persönliche Wirklichkeit – ich war ein Urlauber mit dem Roller, es war Donnerstag, ich hatte Durst –, wieder in mein Bewusstsein drang, setzte ich meine Tour fort.

Ich kam am imposanten Angelókastro vorbei, dessen Besuch ich mir für die Rückfahrt aufsparte, und fuhr weiter bis nach Lákones. Ich nahm Platz auf einer der Terrassen, die an schwindelerregendem Abgrund gebaut worden waren. Ich bestellte, wie es sich für einen Verkehrsteilnehmer gehörte, ein Amstel Free, ein alkoholfreies Bier. No Limits, stand auf dem Etikett geschrieben. Das fühlte sich gut an.

Von meinem Tisch aus bot sich mir eine prächtige Sicht hinab nach Paleokastrítsa. Anders als bei meiner Rast oberhalb von Agios Georgios versetzte mich der Anblick hier nicht in Hochstimmung. Die bizarre Kesselbucht, die schroff abfallenden Felswände, das kristallklare Wasser – es hätte ein traumhafter Ort sein können, doch da gab es auch einen großen hässlichen Parkplatz, eine Unmenge an Bussen und Schiffen, und überall Touristen mit Sonnenliegen, Luftmatratzen und Badetüchern in allen Farben. Ich wurde ein wenig melancholisch und war froh, dass das Bier, das keine Grenzen kannte, meine Empfindungen nicht unterstützte.

Das Angelókastro war vor ungefähr tausend Jahren erbaut worden. Wie immer, wenn ich mir Bauten aus anderen Epochen ansah – etwa das Konstanzer Münster, die Alte Mainbrücke in Würzburg oder den Eiffelturm – geriet ich ins Staunen über das Wissen und Können der Erbauer. Das Bild, das ich von den Menschen hatte, die vor tausend Jahren gelebt hatten, stand nicht in Einklang mit dem Bild, das ich von den Menschen hatte, die ein solch kompliziertes, meisterhaftes Bauwerk wie das Angelókastro realisierten. Und diese Kluft in meiner Vorstellung vergrößerte sich noch, als ich zu Fuß den Hügel hochstieg, auf dem die Festung thronte, und mir ihre Dimension erst richtig bewusst wurde. Was der Baumeister und seine Arbeiter hier mit primitivsten Hilfsmitteln erschaffen hatten, war geradezu tollkühn.

Während ich mich fragte, ob meine Verwunderung nicht vielleicht daher rührte, dass uns die Geschichtsbücher eine höchst verzerrte Darstellung der Vergangenheit vermittelten, hörte ich eine Stimme, die ich von irgendwoher kannte. Ich entfernte mich vom Vorsprung, von dem aus ich westwärts in Richtung Italien übers Meer blickte, folgte der heiseren Stimme, ging um eine kleine Kapelle herum und traf dort auf zwei Männer, die sich im Schatten vom Aufstieg erholten.

Der eine war der Koch, er rauchte eine Zigarette.

Der andere war Rainer, er trank ein Mythos.

Sie unterhielten sich mit der Lebhaftigkeit alter Freunde.

Sogleich wollte ich ein paar Schritte zurücktreten, um mich in Ruhe über die eigenartige Verbindung der beiden zu wundern. Ein Einheimischer und ein Tourist, ein Grieche und ein Deutscher, ein Mann Mitte Dreißig und ein Rentner – was hatten die beiden miteinander zu schaffen?

Doch Rainer hatte mich bereits erblickt. Überschwänglich reckte er sein Mythos in die Luft, das dabei leicht überschäumte, und hieß mich willkommen.

»Das gibt's doch gar nicht!«, rief er. »Verfolgst du mich eigentlich?« Er lachte.

Der Koch lachte nicht. Er sah mich nur betreten an.

»Kennt ihr euch?«, fragte ich. Ich war nicht in der Stimmung, auf Späße einzugehen.

Rainer wandte sich dem Koch zu und fragte theatralisch: »Kennen wir uns?«

Der Koch schüttelte den Kopf.

Und Rainer antwortete mir: »Nein, wir kennen uns nicht.«

»Da hatte ich vorhin einen anderen Eindruck«, sagte ich. Das Getue des Westfalen ging mir auf die Nerven.

»Aber natürlich kennen wir uns!«, stieß Rainer aus und nahm einen Schluck. »Das ist der kleine Nikos«, – er zeigte auf den Koch – »sein Vater Spiros ist ein guter Freund von mir. Hat seit dreißig Jahren eine griechische Kneipe in Dortmund. Stimmt's, Junge?« Rainer schlug dem Koch auf den Rücken.

Der nickte.

Ich fühlte mich wieder einmal wie ein Idiot. Und ich fragte mich, ob die beiden mich zu einem machten – oder ob ich wirklich einer war.

Die Witwe war hartnäckig. Als ich mich bei einem IPA Corfu Beer von meiner Rollertour erholte, erreichte mich eine weitere Nachricht von ihr, die nicht mehr so dramatisch wie die vorherigen klang. Ihre Worte waren nun in einem Plauderton gehalten, dass ich einen Verdacht bestätigt sah, den ich schon früher gehegt hatte: Ich war für sie eine Art Seelsorger. Ihr Mann war auf einer fernen griechischen Insel gestorben, er hatte sie im Urlaub allein gelassen und war nicht mehr da, und ihr Umfeld, das sich nun gewiss um sie kümmerte, konnte nur erahnen, was sich auf Korfu genau abgespielt hatte. Auch ihr vertraute Menschen, bei denen sie Trost suchte, mussten ihr ungeheuer fern und fremd vorkommen. Ich aber war dabei gewesen, als das Unglück geschah, und war vielleicht in ihren Augen so etwas wie das Bindeglied zum Drama, das sie zu verarbeiten hatte.

»Lieber Herr Baldvin, es tut mir leid, dass ich Sie in Ihrem Urlaub mit dieser unglücklichen Angelegenheit belange. Gewiss haben Sie sich Ihren Aufenthalt auf Korfu anders, irgendwie sorgloser und friedlicher vorgestellt. Das haben wir es uns allerdings auch. Es war hart, allein zurückzureisen, und ich danke Ihnen für das spannende Buch, das mich ein wenig ablenken konnte. Doch irgendwann geht auch das beste Buch zu Ende und man findet sich unversehens vor den tristen Tatsachen wieder. Am Vorabend seines

Todes hatten wir im Belle Helene ein üppiges
Mahl zu uns genommen, unser letztes Abend-
mahl, und uns anschließend bei Stella, der
freundlichen Barfrau, eine Karaffe Rotwein
gegönnt. Ihre Freundlichkeit kommt mir nun
allerdings, wenn ich mir die Szenen noch einmal vor Augen führe, etwas aufgesetzt vor.
Könnten Sie sich vorstellen, dass die beiden,
also mein Mann und die Barfrau, etwas miteinander hatten? Wir hatten uns während unseres Urlaubs gelegentlich für ein paar Stunden
getrennt, er hätte also durchaus Gelegenheit
gehabt, mich zu hintergehen. Und ich muss
Ihnen ehrlich sagen, ich hatte ihn schon früher im Verdacht, mir untreu zu sein. Würde
es Ihnen etwas ausmachen, einmal bei Stella
einen Ouzo zu trinken, auf meine Rechnung
natürlich, und sie beiläufig auf meinen Mann
anzusprechen? Als Journalist haben Sie ja sicher Ihre Tricks, mit denen Sie die Leute zum
Reden bringen können. Ich danke Ihnen und
bin wirklich äußerst froh, Ihre Bekanntschaft
gemacht zu haben. Genießen Sie trotz allem
die Ihnen noch verbleibenden Tage auf Korfu!
Mein Mann war mehrmals auf der Insel und

hätte sich noch vor einer Woche nie im Leben gedacht, dass dies seine letzte Reise werden würde. Herzliche Grüße aus Gelsenkirchen! Lily Rahn«

Ich wollte mir die Worte der Witwe zu Herzen nehmen, vor allem jene, die mich dazu aufforderten, meine mir noch verbleibenden Tage auf Korfu in vollen Zügen zu genießen. Am Abend stand das Dorffest von Agios Georgios an, von dem mir die Straßenweinverkäufer Panagiotis und Amalia vorgeschwärmt hatten. Ich hatte vor, hinzugehen und erhoffte mir einen Abend jenseits von allem touristischen Kitsch. Keine englischen und keine deutschen Speisekarten, vielleicht sogar überhaupt keine Speisekarten, keine Pizza und kein Heineken, keine Souvenirs, kein Zorbas-Tanz. Ich wünschte mir, tief in die korfiotische Seele einzutauchen.

Bevor ich mich auf den Weg machte, setzte ich mich an die Poolbar. Stella war nicht da, sie wurde durch eine andere Barfrau ersetzt, die ich bis dahin noch nie gesehen hatte. Gutgelaunt bestellte ich einen Ouzo. Während

ich ihn trank, lief ein Lied von Elli Kokkínou,
einer der bekanntesten griechischen Sänge-
rinnen. Ich mochte ihre Musik sehr gerne,
auch wenn sie mich an Sarah erinnerte. Als
wir vor fünf Jahren zum ersten Mal gemeinsam auf Korfu waren, damals in Agios Gordis,
residierten wir in einem Hotel mit einem wenig innovativen Musikverantwortlichen. Zwei
Wochen lang spielte er jeden Abend dasselbe
Album von Elli Kokkínou ab. Es hatte mich
nicht gestört. Vielmehr hatte ich damals das
unsinnige Gefühl gehabt, das gemeinsame
abendliche Hören der immergleichen Lieder
würde Sarah und mich zusammenschweißen.

Bevor ich aufbrach, schaute ich noch kurz
beim Bücherregal neben der Rezeption vorbei. Es gab viele deutsche Bücher, viele eng-
lische Bücher, einige Bücher auf Niederlän-
disch, Schwedisch oder Norwegisch, eines
in kyrillischer Schrift. Und dann sah ich den
blauen Buchrücken. Bretonische Brandung.
Hatte die Witwe es gar nicht mitgenommen?
Ich nahm es aus dem Regal und schlug es auf.
Das Deckblatt war unbeschrieben. Dann hatte sie es doch mitgenommen und ich hielt ein

anderes Exemplar in den Händen. Doch hatte ich überhaupt meinen Namen aufs Deckblatt geschrieben? Auf jeden Fall nahm ich das Buch in Beschlag.

Ich stöberte noch ein wenig weiter in den Büchern und ärgerte mich über all die schamlosen Bannalec-Kopien. Provenzalische Verwicklungen. Portugiesische Rache. Griechisches Geheimnis. Man nehme eine Region oder ein Land, bilde ein Adjektiv daraus und füge ein plumpes Substantiv dazu. Hatten all die Krimi-Schreiber denn überhaupt keinen künstlerischen Anspruch?

Das Fest fand etwas abseits vom Strand in der Nähe der Kirche von Agios Georgios statt. Schon von Weitem sah ich Kinder mit Luftballons, was mich etwas enttäuschte. Es brachte mich nicht dem griechischen Geist näher, sondern versetzte mich in Rummelplatzstimmung.

Was ich jedoch auf dem Festgelände antraf, entsprach ungefähr meinen Vorstellungen, obwohl ich einräumen musste, dass die »korfiotische Seele« und der »griechische Geist« etwas gar hochtrabende Wortgebilde dafür waren. Zwischen Olivenbäumen, an denen Lichterketten hingen, saß man an weißen Tischen und führte angeregte Diskussionen, es roch nach Fleisch, und auf einer kleinen Bühne spielten Musiker auf ihren Lauten griechische Volkslieder, zu denen einige Leute tanzten.

Es gefiel mir, doch ich kam mir etwas verloren vor. Ich konnte mich ja nicht einfach zu einer Gruppe setzen und auf Griechisch die einheimischen Politiker verfluchen. Ich schlenderte ein bisschen umher, hielt Ausschau nach Panagiotis und Amalia, fand sie nicht, bestellte stattdessen an einem anderen Stand ein Glas Wein, trank ihn abseits des Trubels im Stehen.

Und plötzlich sah ich, wie ein Fahrzeug auf den Parkplatz fuhr. Es war ein blauer Lieferwagen. Ich wurde nervös. Spiros, der Fahrradvermieter, hatte mir zwar zu verstehen gegeben, dass hier unzählige Fahrzeuge der gleichen Farbe und der gleichen Marke herumfuhren. Ich hatte allerdings andere Erfahrungen gemacht. Es gab gar nicht so viel Verkehr auf den Straßen rund um Agios Georgios. Wenn ich mich nicht täuschte, hatte ich seit meiner Ankunft erst einen einzigen blauen Lieferwagen gesehen.

Versteckt hinter einem Olivenbaum beobachtete ich, wie der Wagen in eine Parklücke fuhr und anhielt. Es schien mir ewig lange zu dauern, bis sich die Fahrertür öffnete und jemand ausstieg.

Und als ich sah, wer es war, wünschte ich mir, ich hätte nie so tief in die düstere korfiotische Seele blicken können.

Welche Verhältnisse herrschten in Griechenland und insbesondere auf Korfu? War es tatsächlich so, wie manche Schwarzmaler, die noch nie einen Schritt auf griechischen Boden gesetzt hatten, behaupteten? Die Griechen sind korrupt, die Griechen sind gesetzlos, die Griechen sind ehrlos. Oder sollte ich die Sache so locker sehen wie Spiros, der Fahrradvermieter, und einen Zufall hinter dem Ungeheuerlichen vermuten – womit das Ungeheuerliche auf der Stelle verschwand?

Seit Inspektor Spiros den blauen Lieferwagen verlassen hatte, ließ ich ihn nicht mehr aus den Augen. Ich beobachtete, wie er gemächlichen Schrittes das Festgelände betrat. Wie er bei einem Getränkestand hielt und einen Becher Wein bestellte. Wie er regelmäßig Leute begrüßte, jemandem die Hand reichte, einem Kind den Kopf tätschelte. Der Inspektor musste ein weitherum bekannter und geachteter Mann sein.

Ich blieb weiterhin hinter dem Olivenbaum stehen. Gerne hätte ich mir ebenfalls noch einen Becher Wein geholt, um meine Aufregung zu lindern, doch wollte ich nicht riskieren, vom Inspektor gesehen zu werden. Vielmehr wollte ich ihn noch eine Weile im Auge behalten.

Nachdem er den Becher Wein getrunken hatte, zog er weiter durch die Festmenge in Richtung der kleinen Bühne, auf der die Musiker spielten. Dort traf er eine Frau und begrüßte sie mit einer Wärme, die man nach meinen Maßstäben nur ganz nahestehenden Personen entgegenbringt.

Und dann nahmen sich Spiros und Stella an den Händen und begannen zu tanzen, so geübt und so vertraut miteinander wie ein Liebespaar.

Agios Georgios

Angelókastro

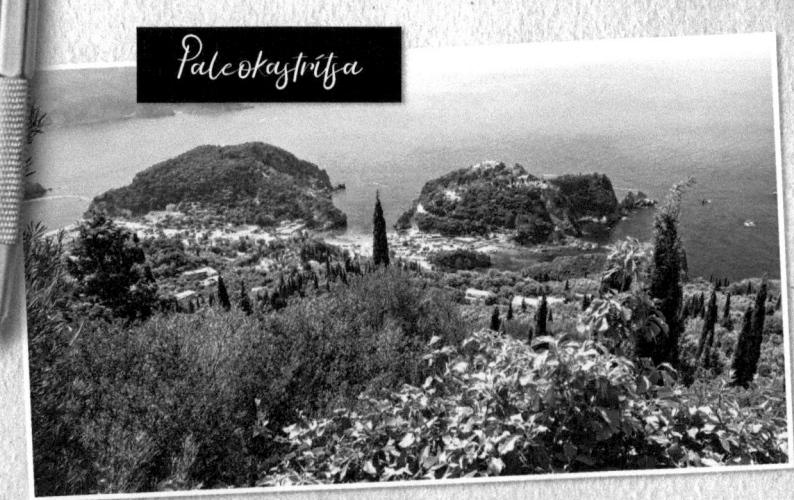

Paleokastritsa

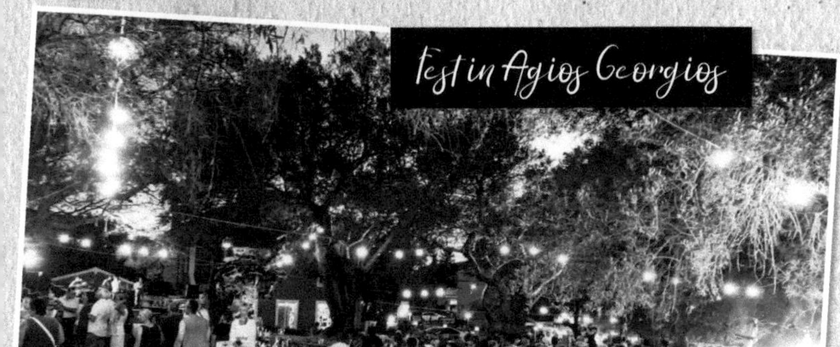

Fest in Agios Georgios

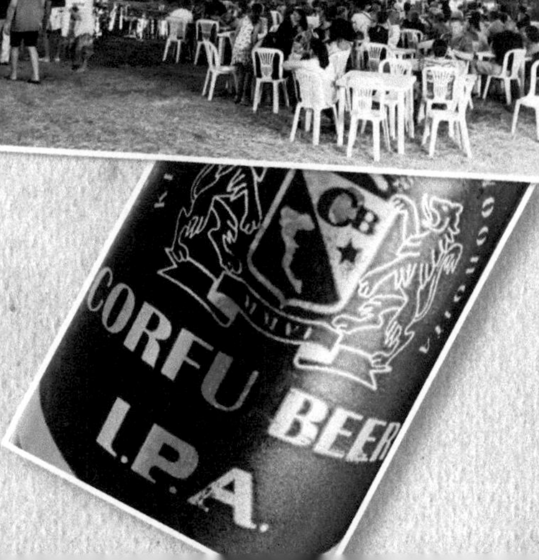
CB
CORFU BEER
I.P.A.

έξι

Stella verführte Hartmut Rahn. Dann erpresste sie ihn. Forderte Geld, damit sie schwieg. Erhielt Geld. Wollte mehr. Hartmut drohte, sie anzuzeigen. Die Sache eskalierte. Stella verlor die Nerven und vergiftete ihn. Und Inspektor Spiros, der ihr nahestand, deckte sie.

Das war ungefähr das Ergebnis meiner schlaflosen Nacht. So konnte es gewesen sein. Aus den spärlichen Hinweisen der Witwe und dem, was ich beobachtet hatte, fügte sich ein einigermaßen stimmiges Bild zusammen. Dennoch blieben unbeantwortete Fragen. Und als ich es mit diesen Fragen nicht mehr in meinem Zimmer aushielt, zog ich mir die Turnschuhe an und ging zur Tür hinaus.

Ich kam an der Poolbar vorbei. Stella stand in ihr Handy versunken hinter der Theke. Ich beschleunigte meinen Schritt, um unbemerkt an ihr vorbeizuziehen – doch im letzten Moment entschied ich anders. Unvermittelt blieb ich bei der Bar stehen und sagte: »Ich hätte gerne einen Ouzo ohne Gift.«

Ihre Reaktion verblüffte mich. Sie sah vom Handy hoch, die Kälte war plötzlich von ihr abgefallen, ihre Gesichtszüge wurden weich. Auf einmal wirkte sie verletzlich, und mit schwacher Stimme fragte sie: »Einen Ouzo also?«

»Oder später ...«, sagte ich, verwirrt über ihre Schwäche. »Ich sollte zuerst noch etwas unternehmen. Tschüss!«

»Tschüss.«

Ohne Frühstück zog ich los in Richtung Afiónas, in der Hoffnung vielleicht, meinen Befürchtungen davonlaufen zu können. Auf dem Weg sah ich an einer Telefonstange ein kleines Plakat, das ein Konzert von Ron Thal ankündigte, der für kurze Zeit Gitarrist von Guns N' Roses gewesen war. So konnte es laufen, dachte ich. Heute spielst du im ausverkauften Wembley-Stadion, morgen in der Coconut Bar in Arillas. Das war mir irgendwie sympathisch, wobei ich Ron Thals Karriere ja nicht gleich mit jener von mir vergleichen wollte. In einer Garage sah ich einen alten

weißen VW Käfer, der mit Strohballen über-
häuft war. Bald kam ich nach Afiónas.

Afiónas war ein wahrgewordener griechischer Traum. Malerische enge Gassen, gesäumt
von wild wuchernden Blumen und Pflanzen,
weiß gestrichene kleine Häuser, schmucke Lä-
den und – wenn man sich etwas aus dem Kern
entfernte – eine atemberaubende Sicht auf die
Bucht von Agios Georgios, hinüber nach Arillas und auf die diapontischen Inseln, die in der
Ferne aus dem ionischen Meer ragten.

Ich setzte mich an einen Tisch am Rande
der Terrasse im Dionysos Restaurant. Trank
einen Kaffee, nicht einen griechischen, dafür
fehlte mir die Geduld. Bekam Hunger, hatte
aber kaum Appetit, und bestellte einen Teller
griechisches Wildgemüse, das man hier Chor-
ta nannte. Es schmeckte hervorragend.

Ich erhielt eine Nachricht von Sarah:
»Auch in Griechenland, nicht wahr? Bin gera-
de auf Naxos, allein. Soeben lief Elli Kokkínou
... Pass auf dich auf, bis bald!«

Sie hatte mich wegen Usain Bolt verlassen.
Nicht direkt, aber als sie von meiner fingier-
ten Reportage erfuhr, reagierte sie verstört.

Wie könne sie jemandem trauen, der Reportagen fake? Wer so etwas tue, sei noch zu weiß Gott was imstande. Ungefähr so lautete ihre lächerliche Gleichung. Doch nun, da ich allein in der Ferne auf einer Terrasse saß und mir die Angelegenheit durch den Kopf gehen ließ, stutzte ich. War Sarahs Gleichung gar nicht so lächerlich? Plötzlich sah ich das, was ich getan hatte, mit anderen Augen. Ich hatte Wahrheit mit Fiktion vermischt. Ich hatte Dinge behauptet, die nicht den Tatsachen entsprachen. Tat ich das noch öfter? Hatte ich mich und meine Fantasien unter Kontrolle? Überdies wusste ich, dass es Leute gab, die weniger tranken als ich.

Beim Bezahlen drängte es mich, dem Kellner meinen Schnappschuss vom Hotelpool zu zeigen. Schaden konnte es nicht, und ich hatte das Verlangen, etwas zu tun. Etwas gegen die undurchsichtigen Verhältnisse und die Bedrohung, die mich praktisch seit meiner Ankunft auf Korfu umgaben.

Der Kellner nahm mich ernster als der Fahrradvermieter. Er musterte das Bild und sagte, er kenne die Frau hinter der Bar. Stella.

Sie wohne auch im Winter hier, da kenne man sich halt. Sie sei eigentlich eine gute Seele ... Er blickte um sich. Vielleicht hatte er einen Chef, der ihn nicht gerne allzu lange im Gespräch mit seinen Gästen sah. Einige Tische von uns entfernt hatte ein älteres Paar Platz genommen. Ansonsten waren wir allein. Etwas leiser fragte er schließlich: »Was sind Sie, Journalist?«

Ich dachte kurz nach und antwortete: »Nein, Ermittler.«

Er nickte nur und widmete sich wieder dem Bild. Seltsamerweise erstaunte ihn meine Lüge nicht.

»Spiro!«, kam eine Stimme aus der Küche.

»Tut mir leid«, entschuldigte er sich. »Vielleicht kommen Sie später noch einmal vorbei.«

Als ich über den Parkplatz des Dionysos Restaurants schritt, kam ein blauer Lieferwagen auf mich zugefahren. Er hielt an, die Beifahrertür ging auf.

Auf dem Fahrersitz saß Stella und sagte: »Steig ein!«

Ich zögerte.

»Steig ein«, wiederholte sie, »es ist wichtig!«

Ich war überfordert. Da stand der Lieferwagen, der mich von der Straße gebracht hatte. Da saß die Frau, die möglicherweise einen Hotelgast vergiftet hatte. Weshalb also hätte ich einsteigen sollen?

Vielleicht war es meine natürliche Neugier, mein Verlangen nach Gewissheit oder einfach die Zutraulichkeit, die neuerdings von Stella ausging. Ich stieg ein.

Wir fuhren in Schritttempo durch die enge Straße, die bald endete, doch Stella fuhr einfach weiter, über das verbrannte braune Gras. Auf einer Anhöhe neben einer Sitzbank, die eine phänomenale Rundsicht bot, brachte sie den Lieferwagen zum Stillstand und machte den Motor aus.

Eine Weile war es still. Rund um uns lag in der Tiefe das Meer, nichts als das ewige Meer. Ich befürchtete für einen Augenblick, Stella wolle mit mir in den Abgrund fahren und Teil dieser Ewigkeit werden.

Doch dann endlich redete sie. »Ich wusste von Beginn weg, dass du uns im Weg stehen würdest.« Sie sah mich dabei nicht an, ihr Blick war nach vorne gerichtet. »Es gibt Leute, die geben keine Ruhe, bis sie alles wissen, alles verstehen, alles unter Kontrolle haben. Du bist einer von ihnen, das war mir gleich klar.«

Angesichts meiner Überlegungen, die ich auf der Terrasse über mich angestellt hatte, beruhigte mich ihre Diagnose. »Ich bin Journalist«, sagte ich zu meiner Entschuldigung.

»Weißt du.« Sie lächelte überlegen. »Man kann nicht immer alles wissen, alles verstehen, alles unter Kontrolle haben. Man kann die Illusion haben, dies zu tun, aber in Wahrheit ist es nicht möglich. Hinter jeder Geschichte steckt eine andere Geschichte.«

»Gehört dieser Wagen eigentlich dir oder dem Inspektor?«

»Er gehört Spiros. Er ist ein Freund der Familie und hat mir den Wagen geliehen.«

»Wozu?«

Wieder machte sie ein überlegenes Gesicht. »Ich möchte dir eins mitgeben, Demian.« Und nun sah sie mich eindringlich an. »Manchmal ist es richtig, zu handeln. Manchmal ist es richtig, zu reden. Und manchmal, zu schweigen.«

»Es gibt Zeiten, in denen Schweigen Verrat ist«, zitierte ich Martin Luther King.

»Zur rechten Zeit zu schweigen ist ein Zeichen von Weisheit, sagte einmal ein griechischer Philosoph.«

Und so schwiegen wir. Keiner wollte ein Zeichen von Unweisheit von sich geben.

Ich entpuppte mich als der weisere von uns beiden, denn es war Stella, die wieder anfing zu reden. »Du wirst es nicht schaffen, stimmt's?«

»Was denn?«

»Zu schweigen. Du hast kein Talent dafür.«

»Soeben habe ich länger geschwiegen als du.«

»Ja, aber du hast auch mehr Zeit als ich.«

Das verstand ich nicht, aber Stella liess mich nicht zu Wort kommen und fuhr ohne Unterbruch fort.

»Du könntest vielleicht etwas schreiben, Demian. Schreib ein Buch und bringe es unters Volk. Aber nicht ein Sachbuch, sondern einen Roman, in dem du unsere Namen änderst. Das wäre vielleicht ganz gut. Vergib uns unsere Schuld in einem Roman, denn wenn Romane gelesen werden, werden sie Teil der Wirklichkeit.«

Ich sah sie ratlos an.

»Keine Sorge, ich will dir dafür etwas geben.« Sie machte sich am Handschuhfach zu schaffen und – ich wusste es schon, bevor ich es sah – nahm das Bündel Hunderteuroscheine hervor.

»Das Geld von Hartmut Rahn? Das will ich nicht!«, rief ich entsetzt, doch es fühlte sich seltsam an, das schöne Bündel zu verachten.

»Nimm es! Schreib das Buch, dann wird dir schon einfallen, was du mit dem Geld tun willst!«, sagte sie und reichte es mir.

Da erklangen hinter uns die Sirenen. Ich erschrak und impulsiv ließ ich das Geld in meiner Hosentasche verschwinden. Stella hingegen schien nicht überrascht zu sein. Sie warf nicht einmal einen Blick zurück.

Neben uns fuhr ein Polizeiwagen mit Blaulicht vor. Gleich darauf ein zweiter.

»Ich wünsche dir alles Gute, Demian. Es tut mir leid, dass dein Urlaub so verläuft«, sagte sie zum Abschied. Sie drückte mir die Hand, zuerst kräftig, doch dann schien mir, dass die Kraft aus ihr wich, hier und jetzt an der Schwelle zwischen Freiheit und Gefangenschaft.

»Ist schon gut, Stella. Ist schon gut«, sagte ich hilflos. Jetzt hatte ich, wonach ich gesucht hatte, doch es fühlte sich ganz und gar nicht gut an. Ich wollte nicht, dass sich meine Befürchtungen bestätigten. Ich wollte nicht, dass Hartmut Rahn umgebracht worden war. Ich wollte nicht, dass Stella eine Mörderin war und verhaftet wurde.

»Wenn du dich gelegentlich an mich erinnerst«, das waren ihre letzten Worte an mich, »dann denk daran, was ich dir gesagt habe.«

Die Fahrertür wurde von außen geöffnet. Stella stieg schweigend aus. Ein Mann geleitete sie mit starrer Miene zu einem Polizeiwagen, öffnete die hintere Tür und ließ Stella auf dem Rücksitz Platz nehmen.

Es war Inspektor Spiros.

Nachdem Stella abgeführt worden war, sah ich, wie Spiros einem anderen Polizisten einen durchsichtigen Plastikbeutel reichte. Der

Polizist besah sich den Inhalt und nickte. Ich versuchte, ebenfalls einen Blick darauf zu werfen. Wenn ich mich nicht täuschte, handelte es sich um ein Fläschchen Rattengift – das man offenbar für die Tatwaffe hielt. Ich hörte Spiros mit dem Polizisten diskutieren. Mein Griechisch reichte nicht aus, um dem Gespräch seinen Inhalt zu entnehmen, doch fiel mir auf, dass Spiros immer wieder das Wort »atýchima« verwendete. Ein Unfall. Es musste ein Unfall gewesen sein.

Bald verließ auch der zweite Polizeiwagen den Aussichtspunkt in Afiónas. Zurück blieben Inspektor Spiros, der wohl seinen Lieferwagen zurückfahren wollte, und ich.

Wie es aussah, hatte ich mich in Spiros getäuscht. Er war ein gewissenhafter Ermittler. Er hatte womöglich nicht aus Vergnügen mit Stella getanzt, sondern war an der Arbeit gewesen. Und wenn nötig verhaftete er auch Leute aus seinem Umfeld. Ich dachte an mein Pool-Foto, das ich ihm zu Unrecht vorenthalten hatte. Nun, da ich Vertrauen in ihn gefasst hatte, fand ich, dass er einen Blick darauf werfen sollte.

»Ouzo?«, fragte ich ihn und zeigte in Richtung des Dionysos Restaurants.

»Ne«, sagte er. Es war offensichtlich genau das, was er jetzt brauchte.

Wir stießen an, nicht feierlich, sondern um ein trauriges Kapitel zu beschließen. Auf meinem Handy suchte ich das Foto, das den toten Hartmut Rahn zeigte, und schob es Spiros über den Tisch zu. Er warf einen skeptischen Blick darauf, doch als ihm bewusst wurde, was er hier zu sehen bekam, widmete er sich ganz dem Foto, zoomte, scrollte und gab erstaunte Laute von sich.

Derweil trat der Kellner, der mir an diesem Tag schon bereitwillig geholfen hatte, an unseren Tisch. Dass er mich gemeinsam mit Inspektor Spiros sah, ließ ihn gewiss keinen Augenblick daran zweifeln, dass ich auch Ermittler war. »Miláte elliniká?«, fragte er mich.

»Lígo, lígo«, antwortete ich, wenig, und hob bedauernd die Hände.

Er fuhr auf Deutsch fort. »Die Frau mit dem Engel auf dem Rücken«, sagte er. »Das könnte diese Schwedin sein.«

»Sie kennen sie?« Ich spürte den Herzschlag in meinem Hals.

»Meine Mutter putzt gelegentlich ihre Pension. Deshalb kenne ich sie ein wenig. Ist etwas mit ihr?«

Ich machte das routinierte Gesicht eines Ermittlers, der keine Informationen preisgeben durfte. »Was wissen Sie über sie?«, fragte ich.

»Hat sich von ihrem Mann scheiden lassen. Ein Anwalt oder so. Einer mit viel Geld. Jedenfalls bezahlt er ihr so viel Alimente, dass sie keine Sorgen hat. Seit Jahren verbringt sie den ganzen Sommer hier, geht baden und isst Eis.«

Ich nickte und versuchte weiterhin, ein möglichst professionelles Gesicht zu machen. »Wie lange ist sie schon geschieden?«, fragte ich weiter.

»Keine Ahnung.« Er dämpfte seine Stimme ein wenig. »Ich habe gehört, dass sie früher, vielleicht vor zehn Jahren, zum ersten Mal hier in Agios Georgios war. Als junge Frau, zusammen mit einer Freundin. Da hatte sie einen Urlaubsflirt. Eines Abends suchte sie mit einem Mann einen einsamen Strand auf. Vielleicht da unten, in Pórto Timóni.« Er zeigte mir die Richtung. »Da soll er zuerst mit ihr Ouzo getrunken haben. So viel, dass sie nicht mehr wusste, was sie tat. Und dann soll er ihr ein Kind gemacht haben. Bevor er für immer verschwand. Ob die Geschichte stimmt, weiß ich nicht. Meine Mutter hat sie mir erzählt, und die erzählt viel, wenn man nur ein interessiertes Gesicht macht.«

»Wie lange sitzt man eigentlich in Griechenland für einen Mord?«, fragte ich, bevor ich einen grossen Schluck Ouzo nahm.

Der Kellner wirkte ein wenig erstaunt über meine kümmerlichen Kenntnisse des griechischen Rechtssystems. »Das kommt ganz darauf an, wie nett man mit dem Richter ist«, sagte er.

Sprach er tatsächlich von Bestechung? War das nicht ein Klischee? Doch warum sollte sich ein Grieche eines Klischees über die Griechen bedienen? »Ich danke Ihnen«, sagte ich und bestellte zwei weitere Ouzo.

Mir schwindelte. Und vor mein Auge, das mir die Umrisse der Bucht von Agios Georgios nicht mehr deutlich zeigte, schob sich eine Szene, die sich vor zehn Jahren ereignet haben könnte ...

Eine warme, sternklare ionische Sommernacht. Ein Paar. Zumindest eine achtzehnjährige Frau und ein Mann, etwas älter als sie, die sich in der unbeschwerten Atmosphäre des Urlaubs kennengelernt hatten. Sie war bildschön. Er wusste, wie man bildschöne Frauen umschwärmte. Mit einem romantischen Spaziergang an einen einsamen Strand zum Beispiel. Mit einem Korb voll Oliven, Trauben, Nüssen – und einer Flasche Ouzo.

Sie war jung. Sie trank, weil er ihr ständig nachschenkte. Sie zogen sich aus und badeten nackt im Meer. Sie nahm noch etwas Ouzo, weil er auch noch ein Glas nahm. Es wurde dunkel, sogar die Sterne erloschen. Ein plötzlicher Schmerz holte sie zurück in die Nacht. Sie bat ihn aufzuhören, weil sie das nicht wollte. Doch er hörte nicht auf, weil er weitermachen wollte. Sie schrie, vergebens. Sie bekam die Flasche Ouzo zu fassen und schlug ihm gegen die Stirn. Da endlich ließ er blutend von ihr ab, doch es war zu

spät. Er ging, vergaß sie schnell und sah sie
nie wieder.

Sie kannte zwar nicht einmal seinen Nach-
namen, doch gelang ihr das Vergessen weniger gut. Zumal sich ihre Befürchtungen bestä-
tigen sollten.

Sie heiratete einen Mann, doch die ver-
hängnisvolle ionische Nacht begleitete sie
stets und verdüsterte ihr Leben. Sie wollte
Gerechtigkeit. Sie klammerte ihr Heil an die
schwindend geringe Hoffnung, dass Menschen irgendwann an ihre früheren Urlaubs-
orte zurückkehren.

Und auf der Suche nach ihrem Frieden
fand sie in der gescheiterten Richterin eine
Verbündete. Eine Vollstreckerin, der sie ein
hübsches Kopfgeld zusteckte.

Die Stimme von Spiros riss mich aus meinen Gedanken. »Íne oréa«, sagte er und gab
mir mein Handy zurück.

»Poú?«, fragte ich.

Er meinte Ingrid. Sie sei schön.

Ich warf einen verstohlenen Blick auf ihren Rücken und mir wurde klar: Was sie da
tätowiert hatte, war weder ein Friedensengel

noch ein Schutzengel. Es war der Engel der Rache.

Spiros fragte mich, was wir diskutiert hätten.

Ich teilte ihm mit, dass ich noch zwei Ouzo bestellt hatte.

»Endáxi«, sagte er. Erstmals, seit wir da saßen, machte er ein entspanntes Gesicht.

Ich spürte das Bündel Geld in meiner Hosentasche und überlegte, wie nett man in Griechenland damit sein konnte. »Auf die Mörderin«, sagte ich und fügte hinzu: »Ich bezahle.«

Ariónas

Afiónas

Vielen Dank für die Lektüre! Wo hast du das Buch gelesen? Auf Korfu, in Agios Georgios, vielleicht sogar genau an einem der beschriebenen Plätze? Poste ein Foto mit dem Buch auf Facebook oder Instagram, schicke mir den Link an demian.baldvin@gmail.com, und ich schenke dir das E-Book meiner kleinen Reportage über Usain Bolt, derentwegen ich gefeuert worden war. (Sollte ich nicht gleich antworten, bin ich womöglich irgendwo auf einer Insel im ionischen Meer, vielleicht auf Korfu, vielleicht mit Sarah, und verbringe ein paar internetfreie Tage ...)

Herzlich, Demian Baldvin